LA COMPLAINTE
D'ALEXIS-LE-TROTTEUR

PIERRE YERGEAU

La complainte
d'Alexis-le-trotteur

roman

L'instant même

Maquette de la couverture : Anne-Marie Guérineau

Illustration de la couverture : Gabriel Routhier
Tableau mémoire / Le rêve, *1989*
Gravure sur bois (122,5 × 80,9 cm)
Collection Prêt d'œuvres d'art du Musée du Québec (CP. 90.62)
Photographe : Jean-Guy Kérouac

Photocomposition : Imprimerie d'édition Marquis

Distribution pour le Québec : Diffusion Dimedia
539, boul. Lebeau
Saint-Laurent (Québec)
H4N 1S2

© *Les éditions de L'instant même*
C.P. 8, succursale Haute-Ville
Québec (Québec)
G1R 4M8
Dépôt légal — 4ᵉ trimestre 1993

Données de catalogage avant publication (Canada)

Pierre Yergeau, 1957-

    La complainte d'Alexis-le-trotteur : roman
    ISBN 2-921197-34-0

    I. Titre.

PS8597.E73C65 1993   C843'.54   C93-097414-X
PS9597.E73C65 1993
PQ3919.2.Y47Co 1993

La publication de ce livre a bénéficié de l'aide financière du Conseil des Arts du Canada et du ministère de la Culture du Québec.

PREMIÈRE PARTIE

La complainte
d'Alexis-le-trotteur

CHAPITRE I

IEHL ne croyait pas que tout s'affaisserait autour de lui d'un seul coup. Son identité n'avait jamais été qu'une simple façon de se désigner aux autres. Puis il s'était retrouvé un matin devant ce problème, d'apparence purement administrative.

Séchouard avait eu un regard à peine moqueur en lui présentant la notice télécopiée du ministère. Dans ses yeux d'un gris profond, Iehl avait ressenti pour la première fois ce détachement qui tenait du vertige, cette scission grotesque de son être qui feignait un instant d'avoir tout oublié.

C'était un de ces matins où la routine avait le parfum des petits objets désuets. Un de ces matins où le pire n'était jamais que le début d'un moment qui risquait de s'éterniser.

Il tourna la tête vers la fenêtre du bureau. Des inventaires étaient soldés dans le centre commercial adjacent, où des clients se poussaient vers les caisses enregistreuses.

Iehl n'avait pas fini de tester le questionnaire et ne pouvait pas rappeler Séchouard, dont la silhouette légère se faufilait entre les bureaux. Le comptable suivait le courant, les mains cachées dans les poches de son veston, ou s'agitant soudainement devant un visage, avec audace. Ce qui, sans doute, lui donnait cet air de prestidigitateur.

9

La voix, au téléphone, faillit se confondre, dans cet engloutissement passager. Iehl rétablit le contact, en reprenant le discours tracé sur l'écran. Ce texte lui permettait de résister à toute forme d'invasion.

Il le lut dans le microphone relié à son casque d'écoute, de sa voix impassible, professionnelle, empreinte de fatigue et de morosité. Une voix calculatrice et sans grâce, dont il connaissait le magnétisme.

La consommatrice, à l'autre bout du fil, en viendrait rapidement à croire à la présence de Dieu. Bien qu'il n'eût aucune certitude quant à son degré d'attention, Iehl la questionna sur l'importance de la fluoration dans la pâte dentifrice. Sur une échelle graduée de 1 à 11, quelle importance y attachait-elle ?

« C'est très important », dit-elle d'une voix de croyante.

Iehl appuya sur une touche du clavier et passa à la question suivante. Il allait bientôt la délivrer, mais pour l'instant il devait l'accompagner le long d'une grande avenue humide, où un jet de dentifrice rose rayait la ville d'un fin cylindre odorant.

La pâte à l'odeur rudement stimulante allait les libérer des moindres impuretés maculant leurs dents. Il pressa la touche *Return* et lut avec conviction la question suivante.

Dans la salle vitrée où les périphériques s'alignaient en rangées sur de petites tables vertes, les interviewers refermaient leurs visages devant les promesses muettes de l'interdit. Malgré tout, cette concentration s'émoussait lorsque les chairs, parfois magnifiques, se soulevaient pour se tendre. Les bouches affamées se disjoignaient, les muscles se relâchaient.

Iehl avait travaillé trois ans comme interviewer avant d'obtenir un poste de concepteur des programmes. Il savait combien, pour les interviewers, les logiciels formaient une matrice dans laquelle s'écoulait la substance même du temps.

Une matrice où se jouaient des luttes obstinées pour la quête d'informations sur les goûts et les habitudes des consommateurs, sur les petites voix intérieures qui les poussaient à choisir un produit au détriment d'un autre. Sur les rêves indécents qui font de la nuit un étang à l'odeur toxique, où les objets convoités se reflètent comme des arbres morts.

Il y avait de la gaieté, dans ce monde irréel, des sautes d'humeur qui écrasaient le corps, l'écho d'une haine qui tremblait. Son seul espoir était de serrer les dents et de fouiner dans un tas fabuleux de poubelles où les petits objets quotidiens inspiraient de la panique.

La touche *Enter* ne fonctionnait pas bien. Les vieux terminaux étaient parfois sujets à des accès de fièvre, à des déréglements passagers. Iehl fit glisser le curseur sur l'écran, exécuta un saut au-dessus de cet abîme, de ce petit dérapage de l'électronique et prit une note au stylo, tandis qu'il percevait près de lui la voix de standardiste de sa voisine qui avait enlevé ses chaussures.

Cette même petite chaleur qui le surprenait parfois près de l'espoir lui accorda une trêve de quelques secondes avec lui-même. Il admira la beauté du pied, puis pressa une autre fois sur le tube de pâte dentifrice. La crème adipeuse se déroula sur quelques mètres, elle se répandit sur une surface lisse et parfaite, comme l'émail d'une baignoire, et il se sentit propre et rampant sur cette étendue luisante, jusqu'à ce que la voix de la consommatrice parût se rebiffer à l'autre bout du fil.

« Hellie ? dit-elle. Hellie ? C'est toi ? »

Heureusement qu'approchait bientôt midi, il essaya de contrôler l'irritation que lui procurait cette irruption non prévue dans son discours. La voix dans l'appareil assuma soudainement le masque de l'adversaire, de celle qu'il lui fallait détrousser pour qu'enfin le pardon lui fût accordé. Iehl était inébranlable dans la résolution du parcours, qui menait l'interviewer vers la rédemption, chacune des réponses présentant l'intérêt précis qu'un philosophe peut porter à la vérité.

Chacune des entrées les délivrant un peu plus de ce déferlement d'habitudes incontrôlées, des consommateurs qui choisissent une marque de dentifrice au détriment d'une autre, par simple compulsion ou par un attrait spontané pour le goût de menthe ou d'ananas broyé.

« Pardon ? Je ne m'appelle pas Hellie, vous faites erreur, dit-il. Pouvons-nous passer à la question suivante ?

— Hellie ? C'est étrange comme votre voix ressemble à la sienne ! Un instant, j'ai cru... »

Il rit doucement pour ne pas la froisser, un de ces rires qui auraient pu facilement se conclure en un sourd gémissement d'ennui. La femme à la voix de standardiste près de lui fit trémousser ses orteils avant de les glisser à nouveau dans les souliers, de petits étuis de cuir chaud.

Il détourna son regard vers les fenêtres et admira les consommateurs glissant sur des tapis roulants, avec cette grâce liquide que leur octroyait une fin de matinée brumeuse.

« Mais je t'en prie, je sais que c'est toi ! » reprit-elle.

Iehl jeta un coup d'œil sur la notice télécopiée que lui avait remise Séchouard. Son numéro d'assurance sociale ne correspondait à aucun individu connu et ne saurait dorénavant être utilisé pour les registres comptables. Dans l'amusement dégoûté qu'il ressentit à la lecture de la notice, se mêla une pointe de mépris, un mépris qui lui parut sensible et palpable sur le coup. Comme s'il avait le temps de se mettre à corriger des erreurs aussi bêtes !

« Aimeriez-vous découvrir de nouvelles saveurs associées à votre pâte dentifrice ?

— Oui, certainement ! Hellie ?

— Voici quelques saveurs que nous vous suggérons. J'aimerais que vous les appréciiez sur une échelle allant de 1 à 11. Vous êtes prête ? Que pensez-vous de la saveur d'ananas broyé ? »

Alors la voix devint pluvieuse et tendre et il n'eut pas le réflexe de l'interrompre dès le départ. Un fleuve épais se déversa et il se sentit envahir par un liquide où flottaient ici et là de petits radeaux ayant la forme d'ananas coupés en cubes.

Sa volonté était couverte d'un voile d'inertie glacée. Iehl avait provoqué cette consommatrice en lui tâtant le pouls et il en subissait les conséquences. Peut-être avait-il composé par mégarde le numéro d'un asile ?

Iehl fit glisser les pages à rebours sur l'écran et chercha la fiche descriptive de la consommatrice. Tout était pourtant en ordre, elle s'appelait Estelle Fraguier, elle avait 31 ans, un emploi dans une agence de surveillance de crédit, et avait été choisie par le fichier informatique selon les critères habituels de sélection.

Une odeur de chair moite et de cuir l'envahissait doucement. La femme à la voix de standardiste avait quitté son poste et fermait la console. Un homme au visage endolori, un collier de barbe lui encerclant les mâchoires, la remplaça aussitôt et entama une conversation avec son voisin.

Toute la salle irradiait le besoin forcené de bavardage, amplifié sans nul doute par les restrictions étouffantes de la matrice à laquelle ils étaient soumis. Bon sang, qu'est-ce qu'elle me veut ? pensa-t-il, et pourtant il ne retirait pas son casque d'écoute et restait rivé à son siège.

« Puisque je vous assure que vous vous trompez, madame ! »

La voix hésita puis poussa un petit cri. Tant pis, il laisserait le questionnaire incomplet, il ne voulait pas risquer d'affronter encore cela, cette intimité fondée sur la méprise. Elle avait la voix d'une femme tombée en disgrâce et il eut un sourire pincé, embarrassé, seul devant l'écran cathodique, se sentant un peu coupable de la situation.

Dans le léger silence qui suivit, il y eut comme l'apparition de petits objets recrachés par l'ordinateur, le goulot sale d'un tube gris argent, des odeurs choquantes d'ananas moisis et vraiment, durant quelques instants, il s'était glissé entre eux quelque chose d'effrayant. Iehl reprit courage devant la persistance de ce silence et, de sa voix la plus limpide, il affirma que le questionnaire était rempli.

« Je m'excuse », bredouilla-t-elle encore avant de raccrocher le combiné.

La magie de l'erreur, se dit-il, satisfait et absent. Il saisit la notice que lui avait laissée Séchouard. Il n'était plus qu'un mirage dans l'esprit de cette femme, le vague mirage d'un amour, un mauvais numéro de loterie. Il traversa la salle où la nouvelle équipe prenait place. Le chef de section, avec son visage compromis et distrait, le salua d'un geste de la main.

CHAPITRE 2

Hochelaga était, sur ses frontières nord et ouest, entouré de fils barbelés, depuis les émeutes du printemps précédent. Celles-ci avaient été qualifiées par les journalistes de « révolte de la soupe », car les premiers combats étaient survenus lorsque les autorités avaient fermé un centre de distribution de paquets d'épicerie, destinés aux assistés sociaux et aux itinérants du quartier.

Les émeutes se propagèrent rapidement et le saccage fut tel que le peu qu'il restait de l'économie locale disparut du jour au lendemain. Le marché noir maintenant florissait et certains observateurs, parmi les plus optimistes, y décelaient l'embryon d'une nouvelle économie, alors que des policiers casqués patrouillaient le quartier.

Estelle Fraguier avait suivi l'émeute à la télévision. Elle s'était réjouie, comme la plupart des citoyens, que celle-ci ne s'étende pas à toute l'île. Des mesures d'isolement avaient été promptement prises, de façon à ce que le désordre causé par les manifestants ne se répande pas comme une traînée de poudre vers d'autres quartiers.

C'était la première fois, depuis ces événements, qu'elle s'y rendait en mission. Plusieurs rues étaient interdites à la circulation, car l'asphalte y avait été défoncé à la pioche.

Cependant les artères principales demeuraient à peu près carrossables.

Les immeubles de briques rousses, surmontés de corniches souillées de fiente, aux escaliers en colimaçon chambranlants, attiraient les cafards et les chats errants en grand nombre. Ces chats maigres traversaient les rues de façon insensée, ou se chauffaient au soleil, étendus sur un balcon, une patte pendante.

Ils s'abattaient en silence sur les capots des voitures et se dispersaient dans les arrière-cours, prompts à livrer combat, roulant en boule et se griffant pour le plaisir des badauds, qui les applaudissaient de leur galerie.

Les enfants jouaient parfois avec eux dans les parcs, dans une lumière exténuée, près de murs où la neige noircissait. Ces parcs aux tonnelles détruites, aux vieux arbres galeux, étaient livrés à tous les vents. Les piétons s'éparpillaient dans le réseau des rues percées qui venaient les rejoindre. Dans tout le quartier flottait une odeur d'essence et de levure, une odeur de décombres, qui attendait le soir pour se dissiper vers le fleuve.

L'hiver n'avait laissé que des flaques de boue liliale et des regrets par bourrasques. Les traces d'une désintégration qui rappelait une puissance moqueuse. Un dieu qui attendrait dans la pénombre, dans les terrains vacants où la vérité n'arrive toujours que trop tard.

Ce fouillis étonnant de souffrance et d'abandon, d'entrepôts démolis aux vitres soigneusement brisées, se refermait dans la tendre indifférence de son tombeau. Ce grand quartier ouvrier devenait un champ magnétique, où éclataient ici et là des drames sordides et des contes à bon marché.

Toute la petite vie exceptionnelle de ceux qui savent la trafiquer. Dans l'étendue trouble de cet espace, où la loi n'était représentée que par des figurants, chaque piéton devenait un comédien sournois ou un être traqué.

Estelle Fraguier assumait son rôle de dépisteur, avec la résolution de celle qui ne peut annuler le destin. Elle se promenait perpétuellement dans les limbes de la déchéance et du calcul erroné, faisant face à l'agressivité de visages inconnus. Ils voyaient en elle une mémoire imbibée d'encre, où le débit faramineux porté à leur compte devenait un échafaudage glauque, prêt à s'effondrer.

Elle leur rendait visite, alors que parfois ils faisaient une sieste, additionnant une fois de plus leurs multiples factures, évoquant tout bas les humiliations qui allaient venir. Ils étaient vaincus et ne sauraient lui échapper longtemps. La plupart d'ailleurs n'en avaient pas l'audace. Ils attendaient tranquillement, dans leur logis, le coup de sonnette qui les réveillerait.

Son emploi lui donnait parfois la nausée, car il consistait à évoquer le passé, dans ce que celui-ci offrait de plus sinistre. Les moments où des existences se mirent à se disloquer, où des modes de vie devinrent les préliminaires à la mélancolie, à une retraite soupçonneuse, où l'être acquiert la faculté du caméléon à passer inaperçu.

Chacune de ces ruptures était accompagnée habituellement du délire de la persécution, qui faisait de ses clients des élus choisis sur une liste sans cesse croissante. Recueil des sentiments flous et des abandons, en route vers l'ignominie et la béatitude.

L'air était rempli de défis et de volupté soumise. Il y avait, dans le paysage urbain, l'étendue complète de ces couleurs intermédiaires, qui donnent ses pleines nuances au remords. Une gravité involontaire, qui barbouillait les murs et ternissait les chairs.

Des puanteurs ignobles, qui rappelaient la vermine et le camphre. Un mélange de savoir accompli et d'interrogation muette. C'était pure folie de s'aventurer jusqu'ici et pourtant elle espérait régler une affaire qui perdurait depuis trop longtemps.

L'immeuble des Duplan occupait un coin de rue délabrée, où un panneau de signalisation tordu servait parfois de tambour aux enfants, de retour de l'école. Cet immeuble, qui terminait deux rangées perpendiculaires de triplex anonymes, devait être l'esquisse d'un projet abandonné sur une table d'architecte.

La façade principale s'ornait d'un portique sombre, auquel on accédait en empruntant un escalier abrupt. L'inclinaison des escaliers donnait la chair de poule. Peut-être était-ce plutôt le portique grimaçant, envahi par une lumière cireuse, qui plaçait le spectateur devant l'effroi de voir le tout s'effondrer, convaincu que ce lieu ne renfermait que des souffrances mesquines.

La femme qui l'accueillit portait un tablier et ne bougeait pas en la regardant. Ce tablier de cuisine, à peine taché de confiture et de farine, affirmait une féminité précautionneuse, la recherche engourdie d'un métier disparu, où de bonnes âmes s'occupaient des intérieurs délicats, où les meubles étaient époussetés avec soin.

Elle avait ouvert la porte et s'était plantée devant, comme pour se présenter, dans sa familiarité rampante qui éveillait l'envie de s'installer à demeure, de ne plus se débattre dans la neige de mars. D'éparpiller aux quatre vents, comme les miettes d'un repas indigeste, ses ambitions déçues.

Courte, le visage délavé, le tablier gris, les mains retombées contre le corps inerte, elle attendrait le temps qu'il faudrait avant de refermer la porte, en regardant par-dessus l'épaule d'Estelle Fraguier l'enseigne d'un dépanneur.

« Je voudrais parler à Mme Alexis Duplan. »

La femme ne répondit rien et n'essaya pas d'esquisser un sourire de surprise ou une mine altérée par l'inquiétude. Pendant un instant, Estelle admira l'harmonie des tons de gris et de chairs vieillies. La profondeur visqueuse du temps, qui ne dévoilait rien que par d'incompréhensibles chuintements, de longues histoires confuses où chaque geste était accompli avec zèle.

Estelle répéta sa requête et esquissa un pas vers l'avant, dans le seul but de précipiter une réponse qui ne vint pas. Elle devinait tout de suite la présence des autres locataires, qui se taisaient et écoutaient, en retenant leur souffle. La porte se referma et elle se retrouva une fois de plus dans un appartement inconnu, avec des gens dont elle ne pourrait qu'approuver l'hostilité.

La femme lui toucha le bras et lui enjoignit d'un geste de la tête de traverser le corridor. Elle esquissa un sourire délicieux. Un de ces sourires avisés qui se plaquent sur le visage avec la soudaineté de l'éclair, spirituel et imprégné d'une douceur brutale.

Le corridor, assez large, était l'habituel lieu des pas perdus, qui réunissait chaque pièce de ce logement construit en longueur. Ils passèrent un salon double, qui ne servait probablement qu'à recevoir des hôtes qui ne venaient jamais, qui ne s'assoyaient pas sur le canapé violet, en-dessous d'un cadre pompeux où, sous un verre empoussiéré, une image réduite d'un coin de mer roulait ses flots, jusque vers les lames du parquet qui menait à la cuisine.

Ils semblaient tous l'attendre, avec une raideur particulière dans le maintien. De mystérieuses apparitions, l'œil pondéré, qui tendaient sans effort à tirer profit de la situation. Ils avaient atteint avec bonheur cet état narcissique où l'incertitude s'évanouissait, devant l'image de soi sacrifiée avec humilité.

Estelle Fraguier fut immédiatement frappée par l'organisation sous-jacente à cet accueil. Ils étaient préparés, depuis longtemps sans doute, à la recevoir, et ils avaient attendu ce moment avec exaltation. D'entrée de jeu, ils lui faisaient face. La tribu entière décidée à offrir une même résistance.

La femme qui l'avait accompagnée lui désigna une chaise, un peu en retrait de la table, autour de laquelle était réunie en demi-cercle la famille. Trois femmes d'un âge indéterminé, aux visages pâles, illuminés d'une inépuisable volonté, étaient habillées avec l'élégance des petites gens qui répugnent à se présenter décoiffés devant les inconnus.

Des bouches closes aux lèvres minces, des yeux attentifs. Des coiffures qui rappelaient par leur masse et leur couleur des champs de terre retournée, des insectes gras et orange.

Un jeune homme aux pieds difformes se tenait entre elles, long, mince et écrasé, le crâne rasé, avec des yeux noirs qui devinaient les torts que l'étrangère pourrait lui causer. Un visage contraint, persuadé que rien ne changerait, quoi qu'il arrive. Ce qui lui donnait aussi l'expression d'une fureur contenue.

La femme s'assit près du jeune homme. Elle était peut-être la plus âgée du groupe, ce qui n'était pas certain car ils semblaient tous échapper à l'emprise du temps. Devant eux, sur la table, de petits carnets de couleur avaient été disposés.

«Je voudrais parler à Mme Alexis Duplan», répéta Estelle.

La femme qui avait répondu à la porte prit un stylo et griffonna un mot sur une feuille rose, qu'elle détacha pour lui tendre.

Je m'appelle Eulalie. Soyez la bienvenue.

Estelle Fraguier était reçue par une famille de muets. Cette information, qui avait échappé à l'ordinateur central, prenait lentement possession d'elle, se recroquevillait dans son ventre et se déployait vers ses doigts avec une surprenante félicité.

La cuisine, peinturlurée de raies jaunâtres par l'abandon et l'usure, suintait le long apprentissage de l'effacement. Protégés des violences du jour, blottis dans cet enfermement volontaire, ils vivaient là, à la fois condamnés et impunis.

CHAPITRE 3

Après tout, Joris Iehl devrait peut-être se dégager de ces étreintes aveugles, des communications téléphoniques où il avait la sensation de surprendre les consommateurs, là où ils se croyaient en parfaite sécurité. Il pourrait faire tester ses questionnaires par un stagiaire.

Il pensait à cette possibilité lorsqu'il poussa la porte des toilettes. Paul Treber se tenait debout près d'un urinoir et un jeune homme qui venait d'être embauché se peignait devant les lavabos. Treber feignit l'étonnement.

« Tu viens te libérer la vessie, tu viens nous dévoiler tes secrets ? »

Cette station debout lui permit de se livrer à une brève confession. Treber rit de bon cœur lorsqu'il lut la notice et cela le rassura aussitôt, cela lui parut même une affaire classée. Une de ces histoires tout juste bonnes à feuilleter d'un doigt distrait, sans intérêt aucun, et qui de surcroît ne le concernait qu'à demi. Sous la lumière jaunâtre, il détailla ses dents, parmi des relents d'urine, le visage plaqué contre le mur recouvert de carreaux de céramique.

« Je suis un expert en erreurs de tout genre et je te dis que cela risque seulement de t'éviter de remplir une déclaration de revenus. Laisse tomber! Tu m'accompagnes à la choucroute ? »

Bien sûr, le problème qui se posait à lui devait être un simple quiproquo qui prêterait d'ici peu à raillerie. Iehl prit le parti de considérer désormais la notice comme une élucubration, dont les autorités devraient, le temps venu, lui rendre compte.

Aussitôt ses pensées se fragmentèrent et prirent la forme d'une ligne sinueuse, le long d'une rangée de pupitres verts, qui se couvraient d'un bruissement mouvant. Une série d'appels à des dieux lointains et inatteignables.

Dans la rue, il fut surpris une fois de plus par l'agitation hypnotique des piétons qui se frayaient un chemin dans la cohue. Treber était un grand homme exsangue qui réussissait à conserver une certaine dignité dans la foule, ce dont lui-même, il en convenait, était incapable, occupé qu'il était à éviter les coups de coude.

« Tous ces singes ont du chic, il faut en convenir! » ricanait Treber.

Qu'est-ce qui donnait aux piétons des airs de martyrs désinvoltes ? Lorsque Treber était lancé, il ne s'arrêtait pas si facilement. La politesse la plus rudimentaire lui était inconnue. Cette aisance glacée était de celle qu'on éprouvait sans indulgence. Comme si cela permettait à Treber de résoudre d'un coup les difficultés les plus humiliantes de la vie quotidienne.

Ils firent la queue devant le comptoir du McDonald's, Treber travaillé par son démon moqueur. Iehl se sentait enveloppé et protégé par son cynisme. Cela le revigorait, jamais il ne s'amusait autant au travail que lorsque son compagnon se laissait aller à cette humeur joueuse.

La caissière posa sur le plateau une petite boîte de carton fumant et un cornet de frites. Ils réussirent à trouver un bout de table près de la vitrine et déballèrent leurs victuailles avec des visages graves.

« Crucifix ! Tu ne vas quand même pas me dire que tu as peur de disparaître des registres de l'État ! »

Treber serrait ses doigts, dont le sang refluait. Il ouvrit la boîte fumante et en sortit un hamburger moite duquel pendaient des feuilles de salade molle. Il écarta les tranches de pain et retira la salade en grimaçant. La feuille sanguinolente retenait des granules de viande grillée.

Au dehors, un couple de personnes âgées s'attardait près de la vitrine du restaurant, en regardant vers eux. Le soleil enveloppa un instant leurs têtes.

« Qu'est-ce qu'ils nous veulent, ceux-là ? Ils nous croient au zoo ? »

Treber tapa sur la table pour les effrayer puis lança le cri du babouin. Ce qu'il voyait, il aimait le railler aussitôt. C'était sa façon à lui de se l'approprier.

Iehl s'était même convaincu que Treber appréciait particulièrement en lui la présence d'une blessure suintante, qu'il pouvait atteindre d'un mouvement des yeux, d'un geste de la main. Cette vulnérabilité lui plaisait, le remplissait d'attendrissement.

Persuadé qu'Iehl ne risquerait pas d'être un obstacle sur l'avenue rectiligne de sa carrière — ils travaillaient dans des services bien distincts —, Treber l'invitait dans un jeu de miroirs. Il fallait plonger dans ce monde d'apparences trompeuses et s'extasier de ses créations voraces.

Nul autre que Treber ne pouvait mieux vous faire battre en retraite, alors qu'il avançait courageusement sur la scène, avec une franchise meurtrière. Le principe premier qui régissait ses rapports avec son collègue était de considérer ceux-ci comme un sport, où il jouait le rôle de soutien, et Treber le rôle du héros mâle à l'affût de conquêtes.

Un petit employé de bureau toussota à sa gauche et s'excusa misérablement. Le couple de personnes âgées avait repris le guet un peu plus loin.

Une neige qui semblait perdue d'avance tombait à tâtons sur la ville et brouillait le sol d'une matière gluante qui éclaboussait les piétons. Tous paraissaient obéir à des ordres stricts. Même ces corps parfaits aux chairs copieuses ou saccagées, aux cheveux ornés de plumes, qui se fabriquaient un destin.

« Tu ne vas quand même pas me dire que tu te caches tous les soirs dans le coffre arrière de son auto pour entrer chez elle ! dit Iehl, qui reprenait une conversation ancienne.

— Il n'y a pas de grossièreté dans l'amour, mon petit ! répondit Treber avec satisfaction. Tu vois, lorsque son bonhomme s'en va pour quelques jours, il donne l'alerte aux voisins, le gueux ! Pour vivre avec elle, il faut jouer le jeu jusqu'au bout. »

Treber filait le parfait adultère comme seul un homme de quarante-cinq ans, qui n'a jamais connu la maladie, pouvait le vivre. Ses aventures étaient une suite de difficultés savamment contournées. S'il mettait le même entêtement au bureau, nul doute qu'il parviendrait au sommet, après avoir béni chaque mort de conscience avec sa sueur.

Ce n'était pas la seule aventure amoureuse de Treber, mais sa plus ancienne, celle qui lui posait les plus beaux problèmes. C'était une pièce en cinq actes, un vaudeville tarabiscoté où le rideau ne tomberait fatalement que trop tard.

« Tu te rappelles Déborah et ce rayonnement tendre et visqueux qui émanait d'elle ? Elle aurait pu émouvoir un coffre-fort en récitant une prière! Eh bien! Ma petite épouse a en plus l'odeur des maisons closes et la dureté de la glace intergalactique!»

Iehl sourit d'office, car sa position ne lui permettait pas de le froisser. Treber lui avait avoué qu'il poursuivait cette relation depuis plus de huit ans et Iehl soupçonnait au fond de tout cela un désespoir savamment grillagé.

Malgré la scénographie ingénieuse de son aventure, Treber commençait à se lasser de celle qu'il surnommait la petite épouse. Il s'amusait de moins en moins dans son rôle d'agent secret de l'amour.

Une gêne empêchait Iehl de l'entretenir en retour de ses propres angoisses, aussi la conversation finissait-elle habituellement par se tarir. Un jour il aurait peut-être le courage de rompre définitivement avec le passé et de se présenter aux autres avec ses propres chagrins.

Iehl lorgnait ces histoires qu'on lui offrait, bien qu'il sût qu'il n'en tirerait aucun profit. Treber était si irrévocablement romanesque que cela en devenait accablant. En comparaison, ses joies étaient des joies de charlatan et ses aventures des simulacres. De retour à son bureau, il se promit une fois de plus qu'il ne négligerait plus tous ces mouvements d'attirance et d'envie qu'il avait pris l'habitude, par paresse, de réprimer.

Iehl ne repensa plus, cette journée-là, à la notice que lui avait remise Séchouard, sans doute parce que ce bout de papier ne provoquait en lui que de l'engourdissement. Une sorte d'ennui ridé, devant des démarches administratives qui risquaient de le plonger dans des bureaux jaunâtres, où des fonctionnaires abattus et odieux refuseraient d'admettre leur erreur.

Oublions tout! se dit-il, le soir venu, étendu sur son lit, en cherchant à faire taire cet énervement maussade qui surgissait en lui et le surmenait parfois, comme une mitrailleuse qui se mettait soudainement à tirer sur des anges dans la nuit.

Il se sentait incapable de se retrouver dans ce logement qu'il avait, faute de goût ou de temps, aménagé avec l'aide d'une décoratrice d'intérieurs. Il pensa à cette femme qui s'était méprise sur sa voix. Pendant un moment il était presque disparu, annihilé par sa conviction à elle, par la force de sa conviction, puis il se dit qu'il devrait téléphoner à quelqu'un. Mais sa pensée dérivait sans cesse, lancée vers ce monde aérien où les anges éclataient sous la mitraille.

CHAPITRE 4

Chacun lui remit à la suite un feuillet, sur lequel était inscrit un nom. Les trois autres femmes se nommaient Inès, sur papier blanc, Cornélie, sur papier jaune, et Émilienne, sur papier rouge. Le jeune homme s'appelait Vincent, sur papier vert.

Ils utilisaient des stylos dont les tubes de plastique transparent laissaient voir le niveau de liquide dans la cartouche d'encre bleue. Estelle approcha sa chaise de la table, de façon à n'avoir qu'à tendre la main pour recevoir les divers papiers.

Un dialogue éprouvant s'engagea. Elle ne tarda pas à s'apercevoir que cette famille de muets savait résister à l'examen le plus minutieux. Dans leur discours, aucune phrase ne semblait fixe ou définitive, bien que chacune d'elles fût écrite. Ces petits mots secrets créaient une intimité mouvante. Elle fit semblant d'abord de prendre un intérêt professionnel à ces notes, mais rapidement elle fut déroutée par la multiplication des réseaux, éprouvant chacune des couleurs comme une indication menant vers une route bloquée par un cul-de-sac.

Ce qui ne l'empêchait pas d'emprunter tous les chemins, sans vraiment être en mesure de les choisir. Car ses questions, même si elle les dirigeait, étaient aussitôt accueillies par chacun. Les stylos composaient des réponses, avec cette satisfaction que leur procurait le goût de l'évasion.

« L'une d'entre vous serait-elle également Mme Alexis Duplan ? » demanda Estelle Fraguier.

Mme Alexis Duplan! Elle n'est jamais là lorsqu'on la demande. Mais qui voudrait lui parler ? répondait un papier blanc, d'une écriture solide et appuyée.

Des clous! Vous n'êtes pas la première à venir faire des ragots dans notre cuisine. Mais vous êtes jolie, disait le papier vert.

Alexis n'a jamais renoncé à se rendre insupportable. C'est un mérite que je dois lui reconnaître, même s'il manquait de modestie. Quant à madame, elle savait vider un verre comme pas une, disait le papier jaune.

Pas de chichi! Qu'est-ce que vous voulez ?

Les papiers, en fin de compte, ne lui répondaient que pour mieux l'éprouver. Ils étaient tous là côte à côte, dépendants semblait-il de ses questions à elle, d'un calme qui frôlait l'impudeur, et répliquant à chacune de ses questions sans se concerter. Ils détachaient les feuillets des calepins et les poussaient devant elle, comme on tend un bonbon. Quelque chose à déballer et à apprécier, à découvrir, à savourer.

Ces mots étaient à leurs yeux un bon placement, une assurance prise sur la mémoire d'autrui, qui les garantissait de la sécheresse totale, de la désolation. Dans ce désert d'arbres foudroyés et d'immeubles infestés de cafards, une femme d'un autre monde était venue les supplier de l'aider.

Ils n'allaient pas rater cette aubaine, même s'il était visible qu'ils conservaient, par-devers eux, un secret. Une histoire qu'ils n'avaient pas le goût de répéter.

Vous devriez venir dimanche. Les cloches sonnent pour ceux qui peuvent les entendre.

« Êtes-vous locataires ou propriétaires de ce logement ? »
Ne vous dérangez pas. Nous vivons sur une autre planète.
Vous voulez voir ma chambre ?

Je l'ai connue lorsqu'elle était toute petite et qu'elle regardait passer les trains par la fenêtre. Elle habitait plus au nord. Les trains étaient si beaux qu'ils ressemblaient à des châteaux, avec leurs cheminées noires. Si on ne fermait pas la fenêtre, la fumée entrait dans la pièce et nous étouffait.

Qu'est-ce que vous vendez ? Avez-vous des onguents pour supprimer les rides ? De la poudre de talc ? Des basculottes en soie ?

« J'aimerais répertorier certains objets qui appartiendraient à Mme Duplan. Possède-t-elle une automobile ? »

Cette méthode ne nécessitait aucun effort particulier et avait même l'avantage du divertissement. Ils ne ressemblaient pas à ces clients apeurés qui s'enfermaient à double tour et se terraient des semaines, sans oser sortir de leur logement.

Ni aux clients hostiles qui défendaient leurs biens en repoussant les huissiers, ou à ceux qui, indifférents, parfois même amusés, assistaient à une saisie en fumant une cigarette. Ils répondaient à ses questions avec bienveillance. Ils barbouillaient leurs papiers avec célérité, dans la cuisine bien éclairée.

Estelle discernait par la fenêtre, à sa gauche, un coin d'immeuble aux fenêtres placardées de papier goudron, servant peut-être de rideau à une existence atavique, qui se vautrait là tout le jour dans une pièce sombre.

Le ciel semblait retiré, loin derrière la ligne oblique des immeubles. Un ciel fripé, illuminé par des flux de lumière vaseuse qui émanaient du fleuve.

CHAPITRE 5

Iehl était pourtant de ces gens qui vouent pendant long-temps une véritable dévotion à leur nom. Ce n'était pas seulement parce qu'il était le fils unique d'un couple d'acteurs en banqueroute, né lors d'une tournée de la troupe dans le Nord, mais cela avait été également une bouée de secours.

À nouveau la chance allait lui échapper. Il comprit confusément durant les semaines qui suivirent qu'il était fait comme un rat et que le combat allait être, cette fois-ci, au-dessus de ses forces.

La petite ville nordique où il avait vu le jour avait un nom de rivière qui évoquait l'excursion sinueuse des eaux à travers une forêt de conifères rabougris. La Mattawaki, rivière maigrelette aux enfourchements imprévus, qui menaient vers des tourbières profondes, et où un petite ville minière assez prospère avait surgi pour un temps.

C'est à peu près tout ce qu'il en savait, et même s'il avait parfois songé à s'y rendre, la distance, les kilomètres de forêts ravagées, les imprévus, et peut-être aussi le bon sens, l'avaient retenu.

Iehl avait été élevé par une tante éloignée et il avait compris très tôt que son enfance serait un cachot dont il ne pourrait facilement s'évader. D'abord il lui manquerait toujours le courage nécessaire à un acte d'héroïsme. Puis il se sentait navré par le spectacle de cette femme apeurée qui l'avait pris sous son aile. Il s'était glissé dans la société humaine comme un voleur et n'avait eu longtemps qu'un désir, celui de devenir parfaitement anonyme.

Certains événements avaient pourtant marqué son caractère. Comme si ces petits faits qui étaient survenus durant son enfance lui avaient suggéré des énigmes qu'il devrait, durant tout le reste de sa vie, s'appliquer à résoudre.

Ces événements avaient presque tous un caractère mesquin et semblaient à ses yeux empreints de malédiction, mais ce n'était rien de plus que les symptômes de son univers désolé, qui sentait l'encaustique et les vieux journaux mouillés.

Dans un de ces faits divers, Iehl se tenait avec insouciance sur la galerie arrière, accoudé à la rampe. Il habitait alors avec sa tante dans un petit logement de l'est de la ville-île. Des draps d'une désolante blancheur flottaient parmi un roucoulement de colombes qui se chauffaient près des hangars de tôle.

Il était captif d'une radio installée dans une cour du rez-de-chaussée, qui crachotait une musique curieusement amorphe, comme filtrée à travers un liquide amniotique. Une hémorragie de sons irréguliers s'en écoulait, il ne savait pas pourquoi, dans l'espace où vibraient les cordes à linge, lorsque Iehl vit sortir du hangar de l'étage au-dessous un enfant manchot, qui étala devant lui une liasse de magazines.

La neige fondait dans les cours arrière où il ne restait plus que des galettes de glace trouées. De petites enflures blondes et croûtées, ternies par des résidus suiffeux. Ces petites blondeurs ne pouvaient pas vraiment l'atteindre, de même que le ciel violent et sombre où des nuages fixes bourgeonnaient. Mais tout cela le plongeait dans une sorte d'abrutissement, quelque chose de doucereux, qui manquait de proportion et le menait plus près de sa perte. Iehl se sentait à ce moment-là chétif et vulnérable.

Il va sans dire que cette solitude l'écœurait, comme un objet qui n'a aucune importance et dont on se retrouve l'unique dépositaire. La scène était plongée, à rebours, dans une sorte de gelée, qui donnait à chacun des objets un aspect vitreux et glissant. Une gélatine végétale, de laquelle ressortait avec clarté le garçon manchot qui se mit à déchirer les magazines pour en faire des confettis.

Que son enfance était pauvre en souvenirs pour que cette scène absorbe avec netteté toute sa dérision! Les morceaux de papier déchiré étaient déposés dans un large bol de plastique. Les voix à la radio étaient les voix mêmes de son malheur, elles provenaient de grands canyons où étaient plantés des kiosques à souvenirs, où des carrousels de chevaux malades tournaient pour le seul plaisir oppressant des touristes.

La peinture de la galerie s'écaillait et, par distraction, Iehl en écrasait la chair desséchée, pour gratter au-dessous le bois humide. Les draps claquaient au vent et paraissaient sur le point de s'échapper, de prendre leur envol et de se confondre avec les nuages fétides qui s'immobilisaient sur les toits.

Puis, lorsque le bol fut rempli de déchirures, le manchot s'accouda à son tour à la rampe et se mit à attendre. Certains vents restaient prisonniers des renflements causés par les hangars et provoquaient ainsi des sortes de tourbillons, d'où s'élevaient par saccades les poussières. Le manchot profita de l'irruption d'un de ces coups de vent pour laisser tomber ses confettis, qui s'éparpillèrent avec une emphase pantelante.

Quelle misérable féerie s'éleva alors un instant! Un bout de papier atteignit Iehl à la joue et ces petites ordures le jetèrent littéralement dans l'inconnu. Il n'était plus simplement une victime des circonstances, mais le guetteur fluet qui avait su rompre le déroulement fragmenté du quotidien.

De cette recherche était née les mouvements en spirale, ce tourbillon en grappes vivantes parmi les linges essorés, dont la blancheur semblait maintenant fabriquée, près du monument de ce geste. Puis le déferlement du rire de son petit voisin le blessa comme une morsure, lui qui avait pourtant été son guide!

Le garçon travailla quelques instants avant de rompre son bras, en le dévissant du socle de métal où il était planté, et le bras artificiel tomba comme une dernière épreuve. Il s'étendit sur le dos, sa prothèse à ses côtés, et leurs regards se croisèrent pour la première fois.

CHAPITRE 6

Vous perdez votre temps à ces stupidités. Pas besoin de savoir compter pour se rendre compte que ce salaud s'amusait à nos dépens. Il menait la belle vie.

Les roues en freinant faisaient des flammèches. Ils étaient si lourds, avec leurs convois, que je les sentais venir dans mon ventre. Ça faisait un grondement haineux, une vibration qui me creusait l'intérieur. J'aimais ça.

Ne la croyez pas, car elle ne sait pas mentir!

« Excusez-moi, mais vous voulez dire que M. Alexis Duplan était seul responsable de ses dettes ? »

Elle essaya de leur expliquer qu'en regard de la loi, ils étaient liés par les emprunts contractés et qu'il serait utile de procéder à un répertoire des biens mobiliers et autres, qui pourraient servir éventuellement de caution ou de garantie de créance.

Cette explication était entrecoupée de billets. Elle prit le parti, pour l'instant, de ne pas les consulter, bien que ceux-ci s'amoncelassent dangereusement. Sa voix emplissait seule la cuisine, qui était chauffée par une chaudière à l'huile.

La chaleur s'éparpillait lourdement dans la pièce, accompagnée d'un léger grondement dû à la combustion de l'huile. Les prélarts à motifs géométriques étaient décolorés par les lavages répétés, et rapiécés à quelques endroits. Le soleil déclinait avec la rapidité effarante des astres aspirés par la nuit.

Estelle Fraguier était affaiblie par ces explications et en même temps déterminée à les poursuivre jusqu'à la litanie, jusqu'à ce que les muets ne puissent plus échapper à la dureté des faits, à la mesquinerie des évidences. S'ils étaient coupables, leur châtiment, après tout, ne ressemblerait en rien à l'apocalypse.

Il se présenterait plutôt comme une menace, un vent mauvais qu'ils devraient supporter la tête basse, et enfin un voile poisseux qui leur tomberait dessus. Il était superflu de jouer à cache-cache. Ce qui leur avait été donné leur serait retiré.

Le soir décorait cette pièce minable de reflets pourpres et donnait une intensité étonnante à leurs visages alignés. Elle prit quelques billets et les lut en vrac.

Il nous a laissé le songe hallucinant d'un gouffre et des mines compatissantes. Nous sommes son souvenir le plus vif! Je n'ai pas besoin de vous expliquer l'attirance qu'il avait pour les cafards. Il se croyait au bagne et répétait qu'il n'avait pas l'intention de se tirer de là.

Pas question de prolonger ce qui ne saurait être qu'un échec. Pas question de nous tourmenter, avec votre voix traînante, votre sale voix qui traîne sur chacun de nos meubles.

« Je ne veux pas vous importuner, mais il est de mon devoir de vous prévenir. »

Tous mes biens tiennent dans un mouchoir. N'oubliez pas que j'ai les ongles bien effilés et que je suis insomniaque. Qui prouvera que vous êtes bien venue ici ?

Le sort est implacable pour ceux qui ne savent pas mourir. Nous avons toujours su que la partie était perdue à

*l'avance. J'avais assez de clairvoyance pour ne pas cher-
cher à escamoter les événements.*

À cette époque, les trains passaient au travers des
immeubles. *De grosses locomotives luisantes de graisse
tiraient des wagons flasques, qui s'évanouissaient dans la
brume. Le moteur à charbon, fébrile dans l'effort, accomplissait le devoir sacré et crachait sa dévotion le dimanche.*

Peu à peu les visages se détachaient de l'ombre, comme
s'ils lui réclamaient une impossible quittance. Inès, qui
écrivait sur des feuilles blanches et dessinait des graffitis de
trains, se leva pour allumer une lampe. Elle ressemblait
également à ces ménagères bienséantes, grasses et humides,
qui s'installent près du poêle pour broder. Le cou rabougri
et les mains boursouflées par les lessives du jour.

Chacune affectait un aspect conventionnel, neutre, à
l'exception du jeune homme, vêtu d'un blouson de cuir
déchiré et de jeans. Elles se déplaçaient avec une raideur calculée, une prudence grotesque qui semblait n'avoir d'autre
but que de l'amadouer. Estelle Fraguier ne s'inquiétait pas
outre mesure de ces manœuvres.

Elle avait accumulé du retard. Elle se mit donc à lire les
billets en se rapprochant de la lampe, et cette activité lui
paraissait terriblement excitante, comme si chacune de ces
notes anodines déclenchait en elle des joies mouillées, des
accès de fièvre.

*Si elle ne sait pas mentir, c'est qu'elle a mauvais goût.
C'est évident. D'autre part ce qui est évident passe toujours
inaperçu. Alors voilà pourquoi je vous écris. Vous pourriez
m'aider. Car elle se permet vraiment n'importe quoi.*

*Je n'ai jamais vu Alexis qu'entre deux portes, c'est-à-
dire que je me souviens de son crâne et de son col de chemise.
Pour ce qui est du reste, il y a, je crois, une très bonne photo*

de lui dans l'album de famille. Mais j'imagine que vous le connaissiez ?

Pardonnez-moi mais j'étouffe! Venez me rejoindre sous la table et je vous montrerai la passion à l'état pur!

Cette dernière note était écrite sur papier vert. Le jeune homme, s'apercevant qu'elle lisait sa note, se rengorgeait. Il était peut-être sous l'effet de stupéfiants et supportait mal sa position. Son regard emphatique faisait peine à voir.

Son corps concentrait en lui toutes les vicissitudes de l'adolescence, et aucune de ses grâces. Une acné endémique couvrait son visage luisant de pommade, et ses yeux souffrants cherchaient péniblement une gratification, le moment de délivrance qui le conduirait au paradis.

Elle avait frappé à une porte en ne sachant pas que son geste deviendrait une prison. Une introduction à un moment où la mort lui serait dévoilée dans un silence rempli de petites notes griffonnées au stylo. Sa voix n'avait pas assez d'ampleur pour suffire à elle seule, pour remplir ces instants qui devenaient hors de proportion.

Les notes passaient espièglement entre ses mains et lui servaient de points de passage vers l'inévitable. Elle finissait par s'en saisir au hasard et les lisait comme des réponses à des questions qu'elle n'aurait même pas osé formuler.

Car ils s'exhibaient sans aucune précaution, sans même choisir l'ordre ou la direction. L'important était de la retenir, de la laisser tourner autour de leurs silhouettes et de leurs souvenirs, de locomotive et de wagons qui formaient des cortèges funèbres, de lumière vacillante et de ciel rabougri, qui ne servait à rien derrière les immeubles à l'abandon.

Cela ne servait à rien de se laisser attraper par ce mirage, mais on lui avait fait une petite place parmi les muets et elle s'en contenterait. Elle en était même reconnaissante. Jamais elle n'avait encore assisté à une telle réception, où la famille au complet se tenait devant elle, à la fois juge et jury, pour une cause qui ne semblait pas la concerner.

CHAPITRE 7

Devant un autre de ces faits divers qui infestaient son enfance, Iehl ne ressentait plus aucune révolte. Il avait pourtant eu longtemps à se défendre contre ce souvenir. Il s'en saisissait maintenant comme d'une pièce à conviction, qu'il brandissait devant une cour invisible, pour susciter la compassion du jury, pour obtenir un peu de sa sympathie.

À vrai dire ce fait, presque effacé par le temps, s'était amenuisé jusqu'à en devenir risible. Le ressentiment qui le mordait autrefois faisait place à une honte, une petite vague de honte qui venait du tréfonds de son enfance pour aller se briser à ses pieds d'adulte.

Sa tante ne sortait que lorsque la nécessité le lui imposait, pour faire l'épicerie ou pour l'achat de menus objets domestiques. Chaque équipée qui l'amenait hors de son quartier l'entraînait également hors de son univers mental familier.

Quitter son logement exigeait d'elle un effort démesuré. Elle s'adonnait alors à de laborieux préparatifs, qui ne la laissaient que plus désemparée.

Ce jour-là, son visage de fée innocente et malmenée par la vie se plissait d'anxiété. Le corps maigrelet avait quelque chose d'indéfinissable. C'était un corps sans grâce qui n'avait jamais porté d'enfant, mais qui justement était secoué de violence contenue et de sommeils tremblants, à lutter contre l'étau terrifiant de l'amour.

De ses yeux déferlaient parfois des tendresses engourdies, de ces tendresses avides et craintives que l'on peut voir dans les vitrines des antiquaires, dans la distance télescopique que procure la photo anonyme d'un jeune vieillard.

Cela se développait d'abord autour d'une tension qui la prenait au niveau du cou, qu'elle commençait à masser avec des doigts fiévreux. Ces massages laissaient de longs sillons rouges sang, où des veinules s'effilochaient dans la lumière sans vie de son logement.

Les doigts se vengaient ainsi des travaux domestiques auxquels ils étaient soumis, des frottages anxieux des cuvettes récurées à l'ammoniaque, des piqûres des aiguilles à repriser, de l'époussetage forcené des vieux bibelots répugnants, en agrippant ce cou d'une étonnante blancheur, qui devait avoir un goût fadement sucré, un goût de confiture gâtée. Puis d'autres symptômes surgissaient, qui ne pouvaient échapper au regard d'un enfant curieux.

Iehl se repliait stratégiquement dans un coin de la cuisine, près du réfrigérateur énorme qui le plongeait dans la pénombre, où il pouvait tout à loisir se ronger les ongles. Le visage de sa tante lui paraissait moulé dans le plâtre et il se contentait d'abord de suivre la trajectoire de ses pieds, qui se dirigeaient dans des directions opposées.

Ils ne savaient où se poser et se contentaient de ressasser, dans un effort renouvelé, le glissement des pas qui s'allongent et qui soudainement se cassent. Hésitant, un pied se soulevait sur la pointe, pour permettre au pied libéré du sol de gratter le mollet tendu, avant de reprendre tous deux une course qui ressemblait à s'y méprendre à un dilemme.

Dehors les choses ne s'arrangeaient pas. Les rues avaient cet aspect déformé par les rêves. Les immeubles et les êtres subissaient l'influence des humeurs de sa tante. Iehl lui tenait la main, et sa main dans la sienne était un objet négligeable, à peine une présence, qui n'avait aucune influence sur le déroulement des événements.

Sa main se pelotonnait peut-être comme un regret. Il n'avait jamais pu le découvrir, non plus que les raisons qui avaient poussé cette femme à partager sa solitude. Chaque piéton devenait à ses yeux un étranger hostile, qu'il lui fallait ignorer pour éviter sa transformation en un émissaire haineux du destin.

Il trottinait à ses côtés, lancé vers l'avant par la force des choses, propulsé vers cette foule qui surgissait sur leur passage. De leur vie cloîtrée, ils conservaient tous deux la rancœur du monde et n'échangeaient pas un mot de trop. Ils participaient ainsi entièrement à l'agitation de la foule et en devenaient un élément éberlué et triste, secoué à l'arrière d'un autobus sans âge.

Quoi qu'il fasse, il ne saurait éviter le pire, et c'est sur ce fond de certitude qu'il s'abandonnait, sans prononcer un mot pour se défendre.

Elle ne lui lâchait pas la main, même assise sur la banquette, enfouie dans cette masse de couleurs tyranniques, entourée de vêtements poisseux. Leur silence s'enflait encore de la laideur oppressante étalée sous leurs yeux, et dont il se sentait en partie responsable. Un goût de vomi lui venait à la bouche, une envie de se jeter sur le sol caoutchouteux de l'autobus.

Les corps secoués par les cahotements de la rue se balançaient en cadence. Ils s'agitaient, soulevant parfois une main pour gratter un visage affligé d'un hoquet.

Un adolescent faisait jouer en sourdine un magnéto-phone, qu'il tenait renversé sur l'épaule et ses doigts trem-blaient sous le déversement fielleux de la musique. La tête ponctuait le rythme en projetant vers l'avant sa mâchoire.

Ils coururent dans les magasins à rayons sans se retour-ner. Sa tante se pressait comme si elle risquait d'être en retard et les commis se retournaient sur eux pour les insulter.

Dans l'absorbement provoqué par cette course, il eut la sensation d'un pouvoir atroce qui le guidait. Une volonté qui ne serait ni méchante ni exquise, mais qui se contenterait de contrer ses efforts, et qui le remplissait tout entier.

Il n'y avait plus de place pour autre chose, pas même pour sa maladresse de garçon enclin aux complots. Il crut alors être le jouet d'un pur esprit oppressé par la déraison et com-prit qu'il était inutile de résister.

En laissant traîner légèrement les pieds et en tenant fer-mement la main de sa tante, il lui était possible de flottiller dans les airs, ou tout au moins était-ce là l'impression qu'il avait. Les étalages défilaient à vive allure et la tante poussait avec l'autre main un petit chariot, dans lequel elle empilait à la hâte des objets de toutes sortes. Le temps ressemblait alors à un point de non-retour, où il fallait se résigner à un excès de passivité doucereuse.

Du coup la tante perdait un peu de son pouvoir, et deve-nait à son tour un simple instrument. Durant un instant il espéra que ce chaos qui palpitait devant ses yeux commen-cerait à se dissoudre, dans le trou béant du temps qu'il venait de découvrir, puis Iehl s'aperçut que cela n'avait aucune importance, qu'il était de toute façon en pleine sécurité, et qu'il serait désormais invraisemblable que disparaisse ce silence intérieur qui tombait sur les objets goutte à goutte.

CHAPITRE 8

Ils ne remuaient pas beaucoup sur leurs chaises, unis dans cette volonté d'offrir une façade immobile, devant l'engloutissement que devait représenter pour eux la dispersion de chacun des membres de la famille. Une fois la lampe allumée, Inès revint prendre sa place et réaffirma ainsi la cohérence de cette société, malgré les voies multicolores qu'offraient en apparence les feuillets.

Elle est retournée en poussière. Par là-bas, disait-elle toujours, il n'y a pas de chiffres au-delà de mes doigts. Alexis parlait mais sa voix était embrouillée et dévorante. Elle se taisait, elle, de sa voix de fantôme.

« Vous vous référez à Mme Duplan ? »

Ne vous occupez pas des billets roses. Ça n'en vaut vraiment pas la peine. Occupez-vous de mes peines et de vos joies et alors le miracle s'accomplira. Je n'ai rien de plus à vous avouer.

Sainte nitouche !

Vous ne voulez pas essayer de lire sur nos lèvres ? Ce n'est pas si difficile. Ainsi se réalisera la prophétie qui affirmait que les muets parleront ! Si notre vie commune vous apparaît grotesque, c'est qu'elle est réversible. Vous n'en percevez qu'un côté.

« Écoutez, je veux bien essayer. »
Ce torgueux d'Alexis croyait avoir découvert l'Atlantide.
Il me donnait des envies répugnantes. Il connaissait un
numéro d'acrobatie, qu'il exécutait entre deux chaises. Ça
ne valait pas un clou.
Son mauvais goût la démasque mais elle sait trouver
d'autres camouflages. Croiriez-vous qu'elle emprunte par-
fois mon carnet et envoie des messages de faussaire ?
Comment être sûre que ce que j'écris est bien ce que vous
lisez ? Notez que je ne fais que colmater des brèches. Et puis
votre voix vous rend suspecte.

Elle chercha bien à comprendre comment ce silence pouvait se maintenir malgré tant de crevasses, et comment la
complicité se consolidait dans la haine. La réponse se trouvait peut-être dans la réunion de ces deux questions, car la
haine était le meilleur moyen d'absoudre les souffrances et
de confondre en une même enveloppe de telles répulsions.

Ils mettaient chacun une ferveur remarquable dans la
rédaction de leurs notes et ne semblaient pas se soucier de la
façon dont elle les recevait. L'important était qu'elle fût là
parmi eux, et que son enquête révélât la souveraineté de ce
clan.

Ils étaient prêts à lutter ensemble contre l'envahisseur et
à attendre l'accomplissement de leur destin. Ils ne quittaient
plus leur logement depuis les émeutes et se faisaient livrer
la nourriture par le dépanneur d'en face. Persuadés qu'il n'y
avait, pour eux, d'autre issue que dans ce lieu, dans la vaste
étendue de ses placards sombres, dans le corridor aux confins
desquels s'ouvrait et se fermait le monde extérieur.

Le soir était tombé et personne n'était là pour le ramasser. Les piétons aux visages de carpe et de morue déambu-
laient dans les rues d'un pas mal assuré, guidés par cet ennui

intime qu'ils embrassaient à pleins bras, par ces redoutables vérités qui les transperçaient au coin des rues et les remplissaient de rancune.

Ils portaient en eux des phrases sublimes qu'ils oubliaient, et qui leur donnaient des frissons, rien qu'à chercher à s'en souvenir, des mots maniaques et périssables qui les réconfortaient. À deviner leurs glissements sous les réverbères, Estelle se disait qu'ils parvenaient à une hideuse harmonie, à une entente exécrable, née de l'espoir rompu, des petites craintes qui les faisaient se retourner pour jeter un coup d'œil derrière eux, avant de se mettre à courir en retirant leurs masques. Elle mit bout à bout les papiers et les lut d'une traite.

Ça vous picote, cette petite merveille empoisonnée! Cette petite langue résolue qui permet de lécher notre silence. Ne m'obligez pas à commettre une infamie! Je crois bien que vous avez l'intention de vous installer à demeure. Remarquez bien que si cela vous excite. Devenez raisonnable et venez donc dans mes bras. Dans ces cas-là, il faut être obnubilé. Je vous avais vue arriver par la fenêtre et j'ai tout de suite deviné que vous viendriez vous nicher au fond de nos placards Restez-y à fomenter vos complots! Le train passait dans le salon herbeux. Ne doutez pas de ma sincérité parce que je vous dis quelque chose de délibéré. Le train roulait en plein milieu du salon et me donnait le vertige. La locomotive couverte de sueur noire. Les mains aplaties contre mon torse. Alexis le gueux trottait dans nos villages. Sa fille fut couverte de bronze à sa naissance, et l'on fit don de ce monument à des inconnus, qui n'en voulurent pas. Qu'est-ce que vous en pensez? Cette salope ment comme elle respire. Ne vous laissez pas attirer dans ses draps. Vous n'aurez pas un sou, même les ustensiles sont en location. Le magistrat vous le confirmera. C'est un ami de la famille. J'éprouvais de la honte lorsque j'examinais trop longuement ses mensonges. C'est curieux, non ?

Elle avait pris possession du lieu et savait apprécier à leur juste valeur ces confessions, ces cris retenus qui remplissaient le logement d'une atmosphère abjecte, de la désagrégation des moindres perceptions, qui semblaient s'effriter lorsqu'elle cherchait à les retenir.

C'était de la mélancolie crasseuse qui suintait des murs, une alchimie de la dérision. Des chagrins inscrits à grands traits sur des tableaux invisibles et qui s'enfermaient dans des petites notes que personne ne lisait.

Il fallait sa présence pour permettre ces dénonciations, et ils se disputaient son audience à coups de billets griffonnés, avec tout le dégoût dont étaient capables des âmes souffreteuses, retranchées dans la monotonie d'un logement délabré.

« Je suis désolée. D'après ce que je peux évaluer pour l'instant, vous êtes légalement responsables des dettes contractées par Alexis Duplan. Si je peux vous aider de quelque manière à éclaircir certains points litigieux, je le ferai volontiers. Mais les créanciers poursuivants sont si nombreux que je vous recommanderais de déposer un bilan et, éventuellement, de demander un jugement de déclaration de faillite. Vous me comprenez ? Il vaudrait mieux, dans le cas présent, que vous agissiez rapidement. »

Elle avait dit cela pour les faire réagir, pour les amener à s'approcher d'elle, à lui faire confiance, et à les délivrer d'un fardeau qui devait leur peser. Elle ramasserait pour eux ces poids morts et tout serait fini. Ils n'auraient plus qu'à se détruire dans un logement comme celui-ci, à attendre Alexis-le-trotteur mort sur un champ de course ou à prier pour sa fille-monument.

CHAPITRE 9

Le soir, Iehl éprouvait souvent le besoin de se retrouver dans un groupe et fréquentait un cercle d'amis, qui habitaient pour la plupart la banlieue, et à l'intérieur duquel Treber faisait office de boute-en-train. Iehl prenait part également, un soir par semaine, aux répétitions d'une chorale de quartier. Il travaillait sa voix avec courage et ténacité, dans une église sombre où une lumière verte suintait des vitraux.

Entraîné dans un crescendo de voix trémulantes, il se tenait au bord d'un précipice, où tombaient peut-être les confettis du manchot. Les voix du chœur le surprenaient souvent à la porte d'une découverte aux relents de saleté et de bave.

Cela surgissait brusquement de la travée, pour ne plus lâcher prise. S'il était suffisamment attentif, il décelait dans les replis de son corps une empreinte, une main qui s'était agrippée à lui et l'avait soutenu.

Il se demandait parfois si cette découverte n'était pas celle de la révélation. Peut-être était-il possible d'être touché par la grâce sans s'en rendre compte ? Lorsque les voix s'élevaient et se confondaient dans un même bain gluant, que réverbéraient les voûtes, il y avait un instant fallacieux qui aurait pu lui faire croire à une sorte d'orgasme. Celui que dégageait une harmonique prolongée, qui allait se briser dans sa conscience en une multitude de débris radioactifs.

Sous la couverture étoilée de ce palais, Dieu pouvait bien s'amuser à les épier et à venir souffler contre son visage son haleine, qui avait des relents de rhum et de lait caillé. Il attendait alors un instant avant de traverser une porte et il entrait dans une petite pièce vide qui aurait pu être, il ne savait pourquoi, une chambre d'hôpital.

Cette expérience de la révélation eut pour effet d'accentuer en lui une tendance naturelle à la superstition. Le réel avait toujours revêtu à ses yeux une certaine aura magique, qu'il s'amusait pourtant à maintenir à distance. Mais il n'était pas question de se laisser envahir par de noirs pressentiments et de se mettre à prêcher dans les rues la venue prochaine du Messie.

Sa timidité l'empêchait de se livrer à ces excès, et également son goût du péché. Ce tremblement qu'il ressentait à côtoyer le crime et la déchéance, dans les maisons closes et les bars louches.

Par cela il ressemblait à la plupart des saints bègues et estropiés qu'il connaissait. Il n'était pas sans savoir que ceux-ci recherchaient une fuite de l'angoisse dans la fraîcheur de la luxure et dans la saveur vinaigrée des plaisirs. Il n'avait pas à faire semblant de se laver, au lavabo, des taches laissées par ces festivités.

Personne ne s'en faisait plus au sujet de ces petits écarts de conduite et il serait sauvé au dernier moment des profondeurs les plus redoutables de ses vices. C'est du moins ce qu'il croyait.

Il y croyait d'autant plus que son corps s'allégeait de toute hypocrisie et propulsait de sa gorge cette matière vocale palpitante, qui lévitait à l'unisson des autres voix de la chorale. Il boirait le sang du Christ et s'en éclabousserait la chair. Il chasserait les démons en dévidant des bribes de prières sorties de vieux missels, où les images de la passion lui donnaient la berlue.

CHAPITRE 10

Elle était entrée dans leur tragédie domestique comme on se faufile dans une petite gare de province, sans porter grande attention aux murs gangrenés et à la lune spectrale se dessinant par la fenêtre. Elle avait même avancé parmi eux avec gratitude, persuadée de reconnaître encore une fois dans leur histoire des bribes d'une mémoire ancienne inscrite sur le fronton d'un temple, officiant à son aise parmi les rancunes et les résistances, les délations et les suppliques.

Ils lui avaient offert un brouillon arraché à des carnets de couleur, qui composait assez bien, pour qui savait le lire, la trame d'un roman populaire, d'un téléfeuilleton à bon marché, improvisé avec l'aide d'un décor en carton-pâte.

Il va neiger. Quand je dis qu'il va neiger je veux dire que les piétons vont se débattre à la fenêtre, empêtrés dans la neige jusqu'aux genoux, nageant avec des gestes de mécanique usée. Je vous ai déjà dit qu'il ne faut pas en faire un drame. Alexis aimait boire et tricher aux cartes, et son numéro de cirque était une misère. Debout sur le dossier, il avançait sur deux pattes. La chaise craquait sous le poids. Il était, je crois bien, le seul à en rire. Je vous respire depuis tout à l'heure. Votre parfum est subtil et triomphant. Je manque d'oxygène près de vous. Je n'ai pas besoin de cette sorte d'alibi. Ses absences lui donnaient des palpitations. Vous voyez un peu ? Cette brute pouvait lui téléphoner pour sa fête du fin fond des États. D'un trou puant de la Nouvelle-Orléans. De l'Alaska.

Elle comprenait tout de suite l'attente du courrier qui ne venait pas, les heures qui s'égrenaient sur le balcon avant, le bonheur parcimonieux qui ne pardonne aucune imprudence. Chaque logement avait son histoire et attendait son verdict.

Sa position lui permettait de mener des enquêtes et de remuer des crimes minuscules, des défilements qui échappaient à la loi, des songes qui rompaient le cours uniforme des jours et s'effritaient, découvrant des suffoquements, des maladresses, des oublis.

Ils se tenaient là devant elle et laissaient miroiter comme un trésor promis ce qui ne leur appartenait pas. Justement ce qu'ils n'avaient pas compris et se refusaient encore d'admettre. Que tous les amours sont admirables et se transforment en nourriture pour ceux qui ne peuvent plus manger.

Elle s'assoyait pourtant avec eux et se croyait obligée de sourire, de se répandre en civilités devant ce monde qui vacillait et de murmurer son appréciation, et même d'offrir des conseils ! Elle lut encore quelques billets, qui maintenant formaient un petit tas appréciable, archives de la sensibilité de ces gens, dont la somme offrait une vision en raccourci de tout ce qui pouvait être soulevé contre eux. Une construction imperméable et grise qui la défiait.

Donnez-moi votre avis et emportez cette camelote. Emportez ces chaussures qui ne servent plus à rien. Dépouillez-moi. Je vous hais. Nous ne faisons pas de cachotteries. À chaque question il sera répondu avec exactitude. Alexis ne nous a rien laissé, et quant à madame ! Je ne sais plus laquelle d'entre nous aurait pu séduire ce courant d'air.

Vous voyez, la jeunesse m'a laissée sans force. Revenez un autre jour. Elle triche avec ses souvenirs parce que ce sont des chiens méchants, de sales chiens qui aboient et ne savent pas se taire. Nous avions honte l'un de l'autre. Savez-vous que j'ai cru certains jours que nous étions heureux ?

Le bonheur était un don inattendu, qui était distribué sans partage. Estelle Fraguier se souvint de deux ou trois personnes, qu'elle avait mises au rancart de sa mémoire, et qui donnaient cette impression lumineuse du bonheur.

Une vieille dame qui résidait dans un sanatorium, un petit garçon qui aimait les chats de gouttière et un musicien chinois qui avait joué quelque temps du trombone dans l'Orchestre Métropolitain, et qui maintenant faisait du jazz dans un club de Boston. Il devait bien y en avoir quelques autres, qu'elle avait côtoyées de loin, mais ces trois exemples exprimaient, le plus précisément possible, la division inexplorée qui séparait le commun des mortels des gens qui possédaient ce don.

Cette frontière scintillante les maintenait dans une certaine distance, sans que pourtant ils soient inatteignables, mais ils semblaient évoluer sur un autre palier de l'existence. Ils se trouvaient, oscillants, au-delà d'une ligne de partage trouble.

Un lieu où les souffrances même ne se comptaient plus de la même façon et où chaque sensation avait des résonances autres, enveloppée d'une mince pellicule de glace, les couleurs jaillissant par nappes, les masses gonflées qu'ils repoussaient de la main, les voix qui semblaient tomber de falaises.

CHAPITRE 11

Lorsqu'elle se retrouva dans la rue, le soir avait une inhabituelle blancheur sous les réverbères. Avant de quitter l'appartement des Duplan, elle avait bourré ses poches des papiers multicolores qui restaient sur la table, des bouts de conversation qui ne la menaçaient plus et qui s'entouraient peu à peu d'un halo nacré.

Elle avait, comme le peintre, mélangé les couleurs et les mots et espérait de leur contact une déroute, le rappel d'un drame enivrant, les quelques notes d'une mélodie argileuse.

Elle traversa la rue et se rendit au dépanneur du coin, seulement pour prolonger une humeur. Pour essayer de conserver quelque chose des impressions présentes qui se bousculaient en elle.

Les vitres du commerce étaient protégées par une grille de fer et l'intérieur était violemment éclairé par des néons. Le local sentait la bière et l'eau de javel.

Un gros homme se tenait derrière la caisse, un de ces visages impassibles dont les traits condensaient, sous une fixité obsédante, le recueillement inexorable de la sottise. Il surveillait l'écran de son téléviseur, emporté loin des articles périssables et des soldes d'inventaire, vers les lignes grisâtres d'une campagne émergeant d'un brouillard.

Elle lui demanda des cigarettes et il n'eut pas l'air de comprendre. Des cigarettes, répéta-t-elle, d'un ton susceptible de le faire réagir. Le paquet tomba sur le comptoir et elle défroissa des billets pour les lui tendre.

« Vous connaissez les Duplan ? lui demanda-t-elle.

— Les muets ? Ce sont de bons clients. Je n'ai rien à redire.

— Viennent-ils ici ?

— Le gars vient de temps en temps acheter de la bière, qu'il boit dans la rue. Sinon on fait la livraison. Une des sœurs était mariée, mais on ne sait plus laquelle. Moi, je me marierais bien avec la plus dodue.

— Inès ?

— Non, non ! L'autre, l'Émilienne, celle qui regarde toujours par la fenêtre. »

Estelle Fraguier prit la monnaie que le patron lui tendait. Sur le seuil de la porte, en levant les yeux vers l'immeuble, elle discerna une silhouette de femme assise dans l'ombre. Émilienne était là comme au commencement du monde.

Celle qui écrivait sur des papiers rouges et qui contait les délicieux mensonges que désavouait Cornélie ? Celle qui aurait dû savoir que le désir ne vivait pas jusqu'à cent ans et qu'il valait mieux tyranniser un amant, plutôt que de s'accroupir pour prier devant de faux souvenirs ?

DEUXIÈME PARTIE

Les confettis du manchot

CHAPITRE 1

Ce soir-là, il avait décidé de rôder à l'aventure dans les rues de la vieille ville, près des installations portuaires. Il conservait toujours vivace l'illusion de rencontrer des marins et d'entamer avec eux de longues discussions pour se découvrir, à moitié ivre, le don des langues.

Il s'habilla avec précision, comme s'il se préparait effectivement pour la fête. Il avait besoin de se changer les idées, de ne pas sentir peser sur lui l'engourdissement du paralytique. Résister à l'état d'hébétude qui le prenait, lorsqu'il restait chez lui à regarder le téléviseur géant.

Il était trop tôt en semaine pour espérer beaucoup de cette sortie mais il se promettait des compensations s'il revenait bredouille. L'important, pour l'instant, était de se rapprocher du champ magnétique qui irradiait inévitablement des attroupements humains.

Dans le premier bar, Iehl resta seul à une table dans un coin, à regarder la scène déserte. Il n'y avait jamais personne à cette heure mais il aimait se laisser envahir par la raideur d'une salle vide, où des chaises se tenaient encore renversées sur les tables.

Cette désolation ajoutait un mystère fade aux lieux. Une vie réduite à sa plus simple expression, une familiarité ricanante où les serveurs frottaient les verres et blaguaient, où la patronne venait s'enquérir des derniers ragots.

On lui permettait de s'approcher un peu plus du mystère, il avait la possibilité de se faufiler par cette déchirure. Tranquille sur sa chaise, satisfait et lourd, il remplissait son corps d'un filet de liquide, qui enflait son ventre.

Cela se mettait à déferler doucement en lui, cela dégoulinait de partout, sans qu'il ne sache comment, et il avait beau observer avec le plus de détachement possible les clients qui entraient un à un dans le bar, il ne pouvait qu'attendre l'éclatement. Il avait perdu le réflexe de se ressaisir et de partir à la recherche d'une femme à l'odeur écumante de joie et de sollicitude. Il restait assis sur son siège, jusqu'à percevoir les craquements de sa chaise.

Certains clients semblaient revenir de voyage. Iehl ne s'expliquait pas autrement ces petites valises qu'ils traînaient avec eux ou ces airs élégants, dont émanait comme un suintement de crème de bronzage. Par la suite il se dit que c'était peut-être ses excès d'observation qui l'avaient induit à commettre ce saut malencontreux dans le vide.

Il avait cultivé un état morbide où, se dit-il, ses angoisses se frayaient tout naturellement un chemin dans le réel. Il en avait glissé un mot quelques jours plus tard à Treber, qui l'avait assommé d'un rire tonnant.

« C'est le jeûne qui te rend malade ! Il faut prendre le temps de mastiquer la vie, si on veut en découvrir toute la saveur ! Est-ce qu'il faut vraiment qu'on t'explique encore ces choses ? »

Les musiciens s'installaient un à un sur la scène et le serveur lui apporta des bretzels. Iehl en croqua un ou deux et reprit l'attitude fixe de celui qui attend.

Plongé dans l'incertitude et espérant toujours vaguement la volupté, il exhiba la suffisance de ceux qui viennent tout juste de redécouvrir le prix de la solitude. Le batteur se mit à tester sa grosse caisse et ajusta un trépied, puis les odeurs devinrent plus fortes et plus exquises. Il y eut un grouillement subit de corps mouillés.

Iehl se sentait tout à la fois coincé et hébété par l'intransigeance du plaisir qu'il décelait chez les clients rassemblés autour des tables. Dans les bruits des bouteilles qui s'entrechoquaient, il s'efforçait de se maintenir aussi misérable qu'il l'avait été durant tout le jour, mais l'ivresse le gagna et bientôt il se surprit debout près de la scène, à danser à quelques pouces d'un visage ravissant, dont les yeux délicatement maquillés s'alourdissaient également sous l'effet de l'alcool.

Il se mit à rire d'un rire si tendu que sa compagne eut un sourire crispé et se détourna, mais il la revit encore plus tard à sa table. Il buvait une de ces liqueurs capiteuses et sucrées qui avaient l'habitude de lui soulever le cœur, mais Iehl se souvint qu'il s'efforçait surtout de ne pas donner cours à sa maladresse. Son sourire était ponctué ici et là de bruits de bouche, qui devaient venir d'une voix étranglée.

« Mon petit chéri, tu n'as pas besoin de me faire de confessions », susurra sa compagne.

Un autre couple se joignit à eux et il remarqua les manières désinvoltes de l'homme qui avait un tout petit sourire ignominieux, de ceux qui ne peuvent s'arracher au plaisir. La femme qui l'accompagnait lui produisit un drôle d'effet.

Elle portait des boucles d'oreilles qui cliquettaient et des bijoux compliqués, aux éclats givrés, mais surtout elle avait l'air d'une femme sur le point de gémir. Sa compagne, par contre, avait tout de suite flairé la bonne affaire et regardait tout le monde d'un air onctueux. Il se détendit un peu et les écouta bavarder.

Il ne savait trop ce qu'il attendait de cette situation même s'il en prévoyait déjà l'issue. Des applaudissements fusèrent et des clients se détachèrent par grappes de leurs fauteuils, pour aller vaciller une autre fois sur le parquet de danse.

Il y avait longtemps qu'il s'était laissé aller de la sorte, sans rémission ni garantie. Chaque silhouette poudreuse faisait devant lui son drôle de numéro, avec un manque de grâce qui la menaçait promptement de déchéance. Le serveur posait avec des gestes rapides d'autres verres et d'autres bretzels sur la table et cela l'amusait de sentir les billets froissés entre ses doigts.

Ils marchèrent tous les quatre, comme des copains de toujours, en chantant des chansons obscènes, par les petites rues du vieux quartier. Sa voix prenait des intonations farfelues et burlesques et il se dépensa beaucoup pour susciter les rires de ses compagnons.

La soirée l'amusait énormément. Iehl tenait bon dans le rôle qu'il venait de s'offrir, et auquel il n'était pas particulièrement bien préparé. C'est en voulant faire un numéro d'acrobatie qu'il s'aperçut qu'il imitait Treber.

Un vieux mur de pierres grossièrement maçonné entourait un stationnement. En se servant du capot d'une voiture comme tremplin, Iehl sauta dessus, en écartant les bras pour maintenir son équilibre. Exactement comme aurait pu le faire Paul, pensa-t-il alors. Cet exploit produisit l'effet escompté. Des sifflets se mêlèrent aux plaisanteries d'usage.

La tête renversée vers un ciel uniforme, qu'il aurait pu percer de ses doigts, Iehl commença son numéro. Il exposa un fond de rancœur, qu'il avait l'habitude de conserver sous les sables mouvants. Des récriminations contre les nuits à attendre le juste retour des choses, contre les êtres vibrants de désir qui le frôlaient de leur haleine, sous un masque d'indifférence.

Ce sentiment ne trouvait plus à s'exprimer que sous le couvert de la plaisanterie. Cette dissimulation, à cet instant, devenait d'autant plus nécessaire qu'il aurait affolé ses amis d'un soir. Il reconnut avec satisfaction qu'il aurait été répugnant et cela lui donna, à ses yeux, une indiscutable supériorité, bien mise en relief par sa position.

« Je vais vous bénir, mes petites âmes cupides. Venez vous prosterner sous mes doigts amoureux ! Approchez ! »

Iehl simula un saut dans les airs et ressentit à la réception un élancement dans la cuisse. Il dissimula sa douleur en battant l'air de ses mains, comme s'il cherchait à agripper un support invisible. L'homme avait oublié sa fringale et lui criait de descendre.

De toute évidence la lune ne paraîtrait pas cette nuit. Iehl leur fit un petit signe de la main pour leur signifier d'écouter avec attention. Il leur conta comment sa tante, ne supportant plus les longues nuits d'hiver, sortait de la garde-robe de sa chambre une bouteille de crème de menthe et s'en versait une quantité équivalant à un dé à coudre.

À ce rythme, de toute son existence, elle n'avait peut-être bu qu'une seule bouteille. Il ne pouvait qu'espérer que cette liqueur fût de bonne qualité.

« Tu es malade ! » lui cria sa compagne blême de rire.

La douleur à la cuisse le surprit une autre fois alors qu'il ravalait péniblement sa salive. Une pierre s'effrita sous son pied et dans un instant de refus qui faisait fi de ses exploits passés, il se laissa choir vers l'arrière, dans un tas de neige sale.

Les rires s'éteignirent et quelque chose de piaillant et de gras passa devant son visage, avant qu'un goût de vomi ne lui vienne à la bouche.

CHAPITRE 2

Une main frottait ses vêtements pour les nettoyer. Il était vraisemblablement affalé sur un sofa, poussé dans la pénombre, près d'une fenêtre. Iehl se contraint, pour un temps, à ne pas bouger. De la sorte il pourrait espérer reprendre ses esprits, avant d'avoir à affronter les étrangers qui s'occupaient de lui.

Il se souvenait d'avoir rampé sur la neige en ayant l'impression de sécréter un mucus. La douleur imbibait son corps, ainsi qu'une forte odeur de pelure pourrie et de viande.

Des chiens avaient dispersé des ordures dans l'arrière-cour, derrière le stationnement, et il rampait sur un tas d'immondices en se servant de ses coudes. C'est du moins ce qu'il crut, même si cette explication n'était peut-être qu'une façon de se délester de son inquiétude.

Des voix s'excitaient à son sujet, d'abord celle distante d'un homme qui avait des intonations provocantes et qui appartenait, se dit-il, au père. Car il était de toute évidence dans une famille, qui avait son dialecte particulier et ses signes propres, liés à l'habitude et à l'isolement.

Ce ton agressif n'avait rien d'insistant mais Iehl n'avait aucune envie de rester là pour les convaincre de sa bonne foi. La voix de la mère s'élevait comme un obstacle sérieux à son instinct, qui lui réclamait de rester impassible. D'autres mains palpaient, sans créer de remous, ses muscles gonflés par la douleur, les ligaments étoilés et lancinants.

« Il se croit dans son lit, dit la voix de l'homme. Il dort. »

Dans le supplice de ses membres frappés de cécité s'éleva une bouffée d'euphorie à entendre ces mots. Il n'y avait absolument rien à détruire, il n'y avait pas de résistance à offrir.

Sa meilleure défense devenait le prolongement indéfini de sa position présente. Il flottait, miséreux, à travers des siècles menaçants et sa léthargie le préservait des états neurasthéniques, où l'on doit se reprendre en main pour affronter les explications d'usage.

Il ne voyait pas au juste comment leur faire comprendre le déroulement honteux des événements qui l'avaient mené jusque-là. Dans une certaine mesure, d'ailleurs, ces gens partageaient cette honte. Ils ne pouvaient s'effrayer de son aspect lamentable.

« Regarde-le bien ! Il n'y a rien à craindre de celui-là. Il n'y a pas de gêne ! »

Pour montrer sa bonne volonté, Iehl chercha tout de même à ouvrir les yeux, mais la pièce était sombre et cloîtrée. Les mains anxieuses le pressaient d'autorité. Cette chair placide le vexait. Elle semblait le manier comme un article de consommation courante, qu'il fallait déballer et soumettre à un long examen.

Il se laissait pourtant envahir en poussant de petits gémissements, lorsque les mains étreignaient trop fermement des muscles douloureux. Les élancements valaient mieux que sa solitude de mollusque, même si lors d'un déplacement de côté il sentit de petites flammes parcourir son corps.

« Tais-toi ! Je vais prendre soin de toi, ne t'en fais pas. Tu n'as pas à avoir peur », dit une jeune femme près de lui.

Il transpirait abondamment, ses cheveux collaient contre son front. La femme avait transformé le sofa en lit et fit basculer son corps sur des draps. Iehl s'enroula un instant dans un tissu qui lui rappelait la mousseline et que malheureusement il ne pouvait rejeter. Il était étendu et voguait vers une sorte d'allégresse morose.

Dans les placards de sa tante, se dissimulaient de grands tubes de pâte dentifrice qu'il n'avait qu'à presser à son tour pour que des larmes lui viennent aux yeux. De son enfance il n'avait pourtant jamais eu de regrets, pas même ceux de laisser de petits soleils mauves clignoter au-dessus de sa tête.

Sa douleur lui laissait un répit et il se dit qu'il pourrait bien s'endormir, à moins qu'il ne s'abandonne à un soliloque délirant. Il allait plonger dans les eaux troubles de cette pièce et laisserait la nuit s'écouler comme une musique, mais maintenant son corps haletait et il savait qu'il devrait subir une fois de plus le dispersement de son être.

« Attends ! Je vais te dire un conte de fée ! dit la jeune femme qui s'était glissée, nue, à ses côtés. Ne bouge pas ! »

Tout ce qu'il savait, c'est que son corps était encore là quand la dérive reprit et qu'il sentit un poids peser contre son ventre et une chair se mouvoir par spasmes discrets. Son corps était encore là et pourtant il était aussi en route vers des lieux où son espoir déformait les choses.

Il ne pouvait pas dire si les ongles cherchaient à creuser des sillons dans la boue durcie de sa chair ou s'ils franchissaient seulement une zone de recueillement, au-delà de laquelle l'attendait cette rancune peureuse qui ferait de lui un étranger. Il cherchait peut-être à rattraper tous les instants qu'il avait perdus par sa faute et qui lui apparaissaient comme le don de l'ignorance.

Puis il s'enferma dans un gonflement noir où ses muscles se contractaient. Il sut qu'il était parti vers l'angoisse et la joie.

Plus tard, une bouche enveloppa le gland et se mit à l'aspirer en de sombres déserts. Il aurait été risqué de se fier seulement à ce guide, bien que la voix le retînt parfois au bord des églises vacillantes où brûlaient des chairs tavelées et saignantes.

Dans le pétrissement des mains qui enduisaient la peau d'une huile odorante, Iehl se surprit comme un objet fragile et saillant, qui n'avait d'autre importance que d'effectuer le retour vers son point d'origine. Les mains se cramponnaient dans une lutte féroce et son corps se fit difforme, avant de se perdre dans un brouillard lisse et crémeux.

CHAPITRE 3

Ces objets de souffrance soumis à une enflure, qu'elle tapotait des doigts, ces brûlures accessibles à l'ironie, ne la répugnaient jamais. Elle se saisissait de cet humble trésor en souriant, image perdue de la miséricorde divine et du dépouillement amoureux.

Estelle sillonnait ainsi la ville-île et la connaissait de fond en comble. Les réseaux routiers qui la ceinturaient en traçaient les voies imaginaires, et la marquaient de croix dans ses grands axes, incurvés aux pointes, plus rigides en son centre. Les voies giclantes de boue la délivraient un instant de cette panique qui la saisissait lorsqu'elle se retrouvait confinée en un lieu clos. Elle affectionnait particulièrement le boulevard Métropolitain, détaché du sol, sillonnant la ville sur une longue plate-forme sinueuse, avant de rejoindre l'autoroute Décarie qui s'enfonçait sous l'horizon, traçant un sillage d'asphalte rose, où les véhicules insignifiants roulaient.

De petits engins ternes creusant le ventre de la terre. Le rythme de la circulation obéissant à la fréquence et à l'importance des voies de sortie.

Elle rejoignit la Côte-Sainte-Catherine et roula quelque temps dans le quartier universitaire entourant la colline, entre les immeubles borgnes. Des carrés de brique dont la multiplicité seule finissait par créer un effet apocalyptique.

Elle allait vérifier si un certain Edouard Bennay habitait une des tours d'habitation non loin de l'Oratoire. Ce nom d'emprunt était une couverture pour une personne recherchée par les services de la filiale torontoise de leur agence. Elle n'avait qu'à bien identifier le type et les procédures d'usage seraient entamées par une autre équipe. L'édifice, d'une quinzaine d'étages, se dressait comme un panneau-réclame devant l'escarpement naissant de la montagne.

L'aspect répétitif de son travail s'estompait devant l'épaisseur des lieux, leur mystère fabriqué dans le déroulement irréel des corridors, dans les bruits assourdis des logements sans issue, dans l'ascenceur qui la transportait d'étage en étage.

Ces endroits l'envoûtaient, car elle savait qu'elle devait être vigilante si elle voulait surprendre les signes de connivence, si elle voulait voir s'entrouvrir les pièges à existence, si elle voulait se rapprocher des corps du délit et immoler à son tour les victimes.

Ce n'était que des contrats dont les termes venaient à échéance, et le prolongement indéfini des délais les repoussait dans des villes étrangères où ils cherchaient un refuge. Avant de frapper à la porte, elle sortit un papier rouge.

Si tu crois que j'avais le cœur à éviter l'inévitable. J'enterrais mes chagrins dans la cour arrière. On dit que les temps changent. Est-ce possible ?

Le temps, lui, changeait de visage. L'homme qui ouvrit la porte était plutôt gras. Un visage en définitive bouffi et méfiant, ayant la forme d'un fruit trop mûr. Un visage qui conservait le droit de se refuser, les chairs bleuies, une image achevée de ce qui autrement ne se saisissait que dans la fuite.

Cet homme, selon le rapport qu'on lui avait remis, était un architecte qui avait travaillé de nombreuses années pour des coopératives d'habitation. Elle sentit tout de suite qu'il avait besoin de se justifier, ne serait-ce que par sa hargne.

En ouvrant la porte à une inconnue d'un air sec, il se plaçait immédiatement sur un terrain miné, où il avait soin de se déterminer, dans un monde aux contours biseautés. Comme si son instinct seul en avait fait un voyageur traqué.

Elle l'épingla aussitôt dans sa mémoire comme étant un de ces visages marqués par un accident imprévisible, qu'elle fixait à l'intérieur d'un album où régnait un incroyable fouillis.

Là, auprès d'étrangers dont elle ne se rappelait plus les noms, apparaissait un cercle de visages magnétiques. Pour la plupart, des reliques de son enfance qui la ligotaient, qui l'empêchaient de prononcer une sentence définitive sur les êtres ou sur les choses.

Dans ce manuscrit qu'elle parcourait parfois du regard, hâtivement, éclatait le visage d'un homme qui lui faisait détourner les yeux. Son père, non pas tel qu'elle l'avait connu, mais comme le représentait une mauvaise photo. Un homme qui maintenait en toutes circonstances une fragilité d'aristocrate et qui savait sourire de sa faiblesse.

Cela tenait du miracle de pouvoir ainsi effleurer sa tête avec ses doigts et de soulever cette image avec délicatesse. Il devenait le point de référence d'un amour pathétique, où les vérités se brouillaient afin de n'être pas reconnues.

Cet homme ne serait jamais suffisamment aux aguets pour échapper à ceux qui le poursuivaient, mais il lui aurait tout de même laissé cela, cette petite béance où apparaissait une fois de plus l'image de l'homme aimé. Elle n'empoignait pourtant pas cette amulette magique, elle n'aurait su qu'en faire car au fond, et c'était là pour elle le plus déconcertant, cet amour ne la concernait pas.

C'était une histoire manquée comme il y en avait tant et qui se superposait aux rencontres inscrites à son agenda. L'architecte au visage bleu restait un instant, impondérable, flottant hors du temps, son énergie mise au service du silence et des brumes, enfermé dans un logement infect, un cadavre de plus à enterrer de ses mains.

Les rencontres se succédèrent durant cet hiver avec une rapidité qui la prit de court. La dégringolade des événements fit naître en elle une angoisse dédaigneuse, s'exprimant sous la forme d'une susceptibilité accrue.

Élisabeth, sa secrétaire, le lui faisait parfois remarquer, mais elle n'y pouvait rien, elle était aspirée dans une spirale et n'en ressortirait qu'une fois qu'elle aurait touché le fond.

C'est du moins ce qu'elle croyait. Dans les faits elle se contentait de faire de petits sauts hors de la spirale. Ses amis disaient qu'elle avait un parfait contrôle d'elle-même, parce qu'ils la voyaient exécuter ces petits sauts d'acrobate avec tant d'aisance.

Ces tableaux semblaient appartenir à une ville étrangère, où chaque individu n'était sauvé que par un exercice de style. Ils étaient transformés un à un, comme de simples ratages, des erreurs dans la production du tissu social, qui nécessitaient une métamorphose en quelque chose d'indifférencié. Elle s'amusait à parfaire les contours, dans son appartement ensoleillé d'Outremont, alors que son ami, Cyrill, préparait un plat dans la cuisine, en sifflotant.

Elle essayait bien parfois de les évoquer devant lui. Cela remontait à la surface malgré ses efforts et débordait, impatient d'être saisi, analysé, trituré. Tous ces visages qui se cherchaient des corps et des lieux où poursuivre leur répugnant travail, convaincus qu'ils ne pourraient jamais guérir de leur mal, accomplissant dans sa mémoire les rites nécessaires à leur survie.

Ils lui chuchotaient des légendes, toujours en retard pour prendre le dernier avion, rassemblés ensemble pour un spectacle d'adieu et s'exécutant sur commande.

Si cet hiver se déroula avec une rapidité étonnante, c'était parce que la ville s'était mise soudainement à rétrécir. Elle ne se construisait plus que par un travail de superposition, ceinturée d'un fleuve couvert de glace, où chaque trahison entrevue la rapprochait un peu plus près d'elle-même.

Ces échecs recelaient en eux les promesses d'un abandon plus radical, d'une enfance tyrannique dont elle se délectait à évoquer les convoitises. Curieusement chacune de ces évocations étaient dans son esprit indissociables de la voix de Hellie, ce type qui n'était longtemps restée pour elle qu'un destin vacant.

Sa voix résonnait péniblement au-dessus de l'empierrement gris de sa mémoire, sa voix qui avait perdu peu à peu toute autonomie, soumise au découpage accablant des images, qui font de chacune d'entre elles une curiosité, à la recherche d'une correspondance toujours difficile à atteindre et, par définition, fragile, prête à s'engloutir dans le chaos puant des immeubles locatifs, dans la cuisine mythique des Duplan où les muets lui tendaient un à un leurs billets.

CHAPITRE 4

Lorsque Iehl ouvrit les yeux au matin, il était dans une grande pièce blanche à l'ameublement déglingué. Un couple s'occupait à dresser la table pour le déjeuner. La mère lui tournait de dos, elle avait de fortes hanches et une jupe froissée couleur de paille, tandis que l'homme s'occupait à mettre le couvert.

De taille moyenne, son physique était celui d'un ouvrier de foire, musculeux et désinvolte. Une forte moustache lui faisait une ombre violette et ses yeux se fermaient à demi.

Il s'appliquait avec un soin puéril à poser les assiettes sur la table, comme si cette occupation pouvait le consoler de malheurs passés. Son visage morfondu, écartelé entre le chagrin et la léthargie, s'accordait assez bien avec la voix que Iehl avait entendue, hier soir, avant de s'endormir.

Dans le lit-sofa près de lui, une jeune femme dormait d'un sommeil si lourd que rien ne réussirait à la tirer de là, sinon une explosion ou sa bonne volonté. Elle avait des cernes profonds et, sur ses lèvres, une moue d'enfant voué à l'échec.

Il éprouva un sentiment de catastrophe à regarder ce visage décoiffé, les draps gonflés par une respiration régulière. Il n'aurait su dire si ce visage était beau. Un sommeil pâle le rétractait dans un monde aux prolongements infinis, où il n'avait pas accès.

L'appartement ne consistait qu'en une seule pièce, avec une porte d'entrée et une autre plus étroite qui devait conduire aux toilettes. Le couple s'affairait, sans vitalité, absorbé à répéter des gestes quotidiens. Celui qu'il présumait être le père beurrait son pain, en poussant des grognements, alors que sa femme prenait place à son tour à la table.

Ils mâchaient les aliments sans se faire de reproches et sans que cela ne leur procure de contentement. À la fois vacants et concentrés, chacun ayant juste l'aplomb nécessaire pour manger de façon concertée. Un certain masque d'innocence couvrait les chairs pâteuses, alors qu'ils débitaient en tranche un morceau de viande froide.

« Le voilà qui se réveille ! annonça l'homme en pointant dans sa direction le bout de son couteau.

— Si ça l'amuse ! » répondit la femme sans se retourner.

Ses vêtements étaient roulés en tas au pied du lit-sofa. Iehl les mit le plus rapidement qu'il put, en ayant tout de même le temps de remarquer qu'il n'avait que quelques égratignures sur le corps et une ecchymose à une cuisse, qui avait dû heurter le muret de pierres du stationnement.

Il prit le parti de ne pas réveiller la jeune femme, bien qu'il eût aimé lui dire un mot. Elle se blottissait dans les draps comme un petit enfant et son sommeil la laissait suspendue dans le temps.

« Je vous remercie de votre hospitalité, dit Iehl en approchant de la table.

— Vous êtes trop bon, dit l'homme sans s'arrêter de manger.

— Faut pas lui en vouloir, dit la femme en le détaillant. Tania ne se réveille jamais avant midi. Vous êtes son nouvel ami ?

— Non ! » et il s'aperçut de l'absurdité de sa réponse. Une fenêtre aux carreaux fêlés donnait sur une cour décrépite, où la jeune femme avait dû le découvrir en revenant le soir. La pauvreté du lieu lui en imposait, de même que l'abscence d'intérêt ou de curiosité que démontraient ces gens à son endroit. Leur fille devait avoir l'habitude de revenir le soir avec des étrangers.

Cette unique pièce aux murs défraîchis sentait le poisson et la friture, et l'humiliation soigneusement entretenue. Peut-être était-ce mû par l'espoir que leur fille se réveille, avant son départ, qu'il accepta de s'asseoir à leur table et de prendre un café.

D'abord le père poursuivit son repas en reniflant de temps en temps et en chassant de sa moustache des miettes de pain qui s'y incrustaient. Iehl but une première gorgée du café vaseux.

« J'ai fait une chute, dit-il, dans un premier effort de se faire comprendre.

— Bien sûr ! Cela arrive souvent.

— Vous ne comprenez pas ! J'ai dû m'évanouir. Votre fille m'a recueilli et amené ici.

— Vous pensez rester longtemps ? » coupa le père en se tournant vers lui.

Le couple échangea un regard entendu qui le découragea. L'idée même que le déjeuner allait se dérouler de façon tout à fait conventionnelle, selon des rites et des habitudes qu'il aurait à subir, tout au moins à observer, le consternait maintenant. Mais il ne se leva pas. Il lui apparut futile de s'expliquer et, en même temps, il ne pouvait totalement se dégager de la situation.

Il était l'intrus. Ces gens l'accueillaient comme ils avaient accueilli, avant lui, d'autres étrangers qui avaient partagé le lit de leur fille. Il noua sa cravate et chercha une phrase définitive en contemplant un bout de tapisserie pelée.

« Vous n'avez pas à vous expliquer, dit la femme d'une voix complice et distante.

— C'est toujours comme ça, ajouta l'homme en haussant les épaules.

— Qu'est-ce qui est toujours comme ça ?

— C'est toujours comme ça, le lendemain, il ne veut plus descendre de l'armoire. »

Iehl crut percevoir un bruit et se retourna. Près du lit-sofa, se dressait une armoire d'un format assez imposant pour la pièce, un grand meuble miteux, d'où un garçon les examinait en riant. Une couverture percée par endroits dépassait de la corniche et le garçon prenait un grand plaisir à s'en couvrir la tête et à les regarder à travers les trous.

Le garçon écarquilla les bras, tendit les mains, sans faire de bruit, comme s'il ne s'agissait là que d'un amusant interlude, puis il disparut derrière la corniche. Iehl appuya une main contre la table et se leva. Il n'était pas question de rester plus longtemps dans cet endroit.

Il eut l'impression désagréable d'avoir été observé toute la nuit et que ces gens connaissaient déjà à rebours ses désarrois, et cette opulence des soirs où il s'abandonnait avec exaltation au hasard.

« Descends de là ! Tu ne vois pas que tu déranges monsieur ? »

La femme se leva et marcha d'un pas excité vers l'armoire. Il sentit l'intensité pathétique de ce moment comme une perte ou un scandale, de ceux qui se déchaînaient avec grossièreté et l'amenaient vers un miroir déformant. Dans cette image qu'il aurait souhaitée impassible, il revêtait un aspect repoussant, à l'écart du fracas, prêt à fondre misérablement en larmes ou à s'enfuir.

La femme ne voulut rien entendre de ses suppliques. Elle approcha une chaise de l'armoire et grimpa dessus pour déloger l'enfant de sa retraite.

Celui-ci roucoulait d'abord d'un air gourmand puis, alors que la femme se saisissait de la couverture et la tirait vers elle, il sauta d'un bond sur le plancher et se mit à courir dans la pièce. L'homme n'avait pas bougé et poursuivait son déjeuner. Il fit un signe de connivence à Iehl.

« Rien ne la réveillerait, celle-là ! » dit-il en indiquant la jeune femme dans le lit.

Elle était soumise à son sommeil comme à une vaste entreprise dont personne ne la détournerait. Iehl aurait aimé se retrouver dans son silence, mais il était déjà de l'autre bord du gouffre. Il s'enfonçait de plus en plus parmi les odeurs d'égout et les merveilles à bon marché d'un quotidien incontestable.

Il serait divisé tout le jour, entre le désir que ne revive en lui la chute qui l'avait confondu, et ce réveil de mauvais augure qui l'en avait délogé, et qui l'avait rendu, une fois de plus, responsable de ces vexations.

La femme avait perdu toute contenance et balbutiait maintenant dans une lutte infernale pour s'emparer du garçon. Celui-ci avait compris l'enjeu extraordinaire du combat et savait esquiver, sans efforts apparents, les bras avides et blancs.

Il ne risquait rien que sa liberté et cela, au fond, ne suffisait pas. Peut-être aussi se doutait-il que cet homme, cet inconnu qui avait dormi parmi eux, espérait qu'il ne se contente pas d'esquiver les coups en souriant mais qu'il affronte le danger, une fois pour toutes, qu'il riposte d'un coup de tête et qu'il oublie enfin que l'intrus ne chcrchait qu'à attiser sa haine ?

Dans l'énervement provoqué par ces assauts répétés, Iehl mit son manteau, las déjà du malheur qui l'avait amené dans cette chambre. Bien qu'il eût aimé rompre d'un coup, il ne pouvait reléguer ses hôtes dans un coin de sa mémoire, pour reprendre sans heurts le cours normal de sa vie.

Il y aurait toujours des réclamations possibles qu'ils pourraient exiger de lui à l'improviste. Chaque événement provoquait une dépense, un gaspillage, malgré toutes les précautions prises. Il s'appliquait peut-être à traverser l'existence sans laisser de traces. Pourtant il s'était livré à eux et devrait attendre leur jugement.

Les premiers coups tombèrent sur le corps renversé du gamin qui tressautait. Le corps se contracta et se livra, confondu, sa peine amplifiée par la modestie du décor, par les meubles sénescents où de petits objets se démantibulaient, tandis que l'homme mâchait son déjeuner avec des gestes lents.

Le visage bafoué devenait de plus en plus imprécis, lorsque la porte s'ouvrit et que des pavés informes se déroulèrent devant lui. Iehl se glissa dehors, presque à son insu, avec ce sentiment délicieux d'innocence et d'aversion. Il écrasa le sol du pied, grisé par le chaos lourd et venimeux de la rue, grisé par cet assemblage répugnant d'éléments disparates, où les piétons s'allongeaient contre des façades noires.

CHAPITRE 5

Dès qu'elle souleva le combiné, il ne restait plus rien de cette tranquillité qu'elle avait cru conquérir. Les bruits lisses qui plantaient leurs racines dans son corps et causaient par leurs étreintes de légères paniques, l'ambiguïté de cette peur qui lui faisait craindre d'être délaissée, se saisit d'elle et la souleva avant de la basculer une fois de plus sur la route.

Dans le sommeil d'une route attendrissante qui lui faisait écarquiller les yeux pour mieux voir, dans une attente qui l'obligeait à se pencher plus près vers la fosse commune, où étaient ensevelis en vrac tous ses souvenirs. Elle ne comprit d'abord rien à ce que la voix disait, sinon qu'il ne pouvait s'agir que d'Hellie.

Le sol était mouillé par une neige épaisse et les immeubles se condensaient en une série de blocs difformes, qu'il lui était possible de considérer comme de simples masses disposées sur son parcours. Son talent l'avait hissé à un niveau plus élevé que celui de l'anéantissement de soi, dans le recel ou le vol, dont Hellie était devenu un virtuose.

Il savait se fabriquer des identités sur demande, qui étaient autant de nuances à une version différée ou officielle. Pour l'instant, les dossiers électroniques le suivaient dans son dédoublement dramatique, chacune des identités perdues laissant derrière elle des dettes appréciables, des faux chèques monnayés avec adresse, des emprunts commis par abus de confiance, et probablement une quantité d'autres crimes non répertoriés.

Grâce à un coup de chance, elle avait pu entrer en contact à quelques reprises avec lui, par le biais de son téléphone cellulaire. Elle avait également découvert le numéro de la plaque d'immatriculation de son véhicule, une camionnette qui fut retrouvée un jour par les policiers, abandonnée sur le terrain de stationnement de l'aéroport Pearson.

Sa voix résonnait à nouveau, placée dans une certaine distance, qui tenait autant à l'éloignement géographique qu'à son intonation figée. Une voix souveraine et diffuse, qui s'allongeait dans le silence soudainement élastique et qui vibrait avec l'intensité d'un remords.

Elle ne comprit pas tout d'abord ce que cette voix lui disait, tellement elle fut surprise par une mélancolie mauve, qui communiquait en laissant déferler des mots sans objets, qui curieusement ne l'atteignaient qu'à travers un voile.

Elle mit quelque temps à percer ce brouillard, où serpentaient des corps éblouissants qui se laissaient tomber sur le sol, où une même loi condamnait ceux qui se tenaient immobiles et béats, à attendre avec délices les premiers signes d'un jugement qui ne tarderait pas à venir, et ceux qui, comme elle, retenaient le flot des paroles pour en apprécier le dessin, découvrant un apaisement dans l'envol rapide de ses ombres, dans le dispersement violent du désir.

Puis elle rit légèrement lorsqu'elle comprit qu'il pressait à l'autre bout du fil un long tube dentifrice, duquel sortait un cylindre odorant, qui s'étalait comme une bave luisante sur les pavés gris de la ville. Un cylindre, qui ne s'épuisait pas sous la lumière, à l'odeur sanglotante de graisses et de sucres givrés, d'enzymes démoniques écrasées contre les dents sous l'action d'une brosse géante.

Elle reconnaissait le ton idôlatre de la voix, cette conviction sombre qui la touchait comme pouvait la toucher un vieil appareil rhétorique qui fonctionnerait toujours sans se détraquer, dans le supplice incessant de sa virtuosité. Cela faisait peut-être un an qu'elle ne l'avait plus entendu, ce voleur qui s'était joué d'elle, qui s'était parfois confessé avec une impudeur poétique, un sang-froid qui l'exposait à nu comme si cela n'avait pas d'importance.

« Hellie ? C'est toi ? »

La voix s'interrompit et parut se briser dans le début d'une légère frayeur, dans ces petites régions dépressives où il revenait brusquement vers le point de départ.

« Pardon ? Vous faites erreur, je ne m'appelle pas Hellie. Pouvons-nous passer à la question suivante ? »

Plutôt que de risquer de se morceler par un effet de détachement, elle aurait sans doute préféré échanger ce poids contre une évocation éthérée de son visage, qu'elle imaginait volontiers d'une laideur bouleversante. Ce hors-la-loi devait porter les marques inconciliables du désir, il avait les traits difformes d'un démon et l'autorité brillante qui paralyse.

« C'est étrange comme votre voix ressemble à la sienne. Un instant, j'ai cru... »

Le type à l'autre bout du fil lui refilait un questionnaire sur ses habitudes d'achat de crème dentifrice. Un instant elle eut le geste de raccrocher, mais elle se retint, ou plutôt elle retint la voix lourde qui l'entraînait vers son passé car elle en avait besoin.

Cette chute l'exposait à une curiosité où, chaque fois qu'elle essayait de se rapprocher de lui, elle se voyait désorientée par un brusque mouvement de retrait. Hellie le fuyard ne lui demandait jamais son nom et refusait de laisser braquer sur lui les lumières du projecteur et c'est en sa compagnie, un moment, qu'elle avait trouvé une sorte d'apaisement boueux.

Elle avait essayé de l'enfermer dans un cercle restreint où elle se serait dressée, sa présence l'obligeant à se défaire de ses masques, au bout d'une enquête fastidieuse qui l'aurait laissée déjetée mais victorieuse. Au contraire, il venait maintenant la hanter. Elle se livrait une fois de plus sans bouger, le souffle coupé, projetée dans un monde où la logique prenait la forme d'un questionnaire, un dispositif qui l'enchaînait dans l'effondrement de sa voix.

« Mais je t'en prie ! Je sais que c'est toi ! Pourquoi joues-tu ce jeu ? Qu'est-ce que tu deviens ? Tu as changé de nom ? Chaque nom nouveau doit être comme une résurrection. C'est ça ? Pourquoi ? Il y a un an que je t'ai parlé et tu étais devenu une sorte de chagrin. »

C'était maintenant sa voix qui annulait ainsi le jeu des passions et qui, floculeuse, glissait le long de grands espaces liquides. Sa voix délivrait les objets disparus sous le charme de cet être fugitif et elle ouvrit d'un coup sa mémoire, ce qu'elle avait été impuissante à supprimer, les distractions qu'elle avait menées avec lassitude et les succès sans lendemain.

Cela se répandit en paroles avec une opulence qui la rejetait encore plus loin, dans des petits trous d'ombre où sa peur devenait insupportable, dans des mondes où la douleur noircissait sa chair.

« Puisque je vous assure que vous vous trompez ! »

Elle hésita et sentit son corps se soulever, et en dépit de ce mouvement d'ascension, tout le reste lui parut revêtu d'un caractère implacable. Cela n'avait plus que le pouvoir d'évoquer ce qui n'existait plus ou n'avait peut-être jamais existé.

L'homme à l'autre bout du fil reprit avec un aplomb remarquable sa question et attendit sans énervement sa réponse. Oui, dit-elle, la pâte dentifrice qui se déversait d'un tube aisément manipulable avait l'odeur même de la foi.

Oui, elle évoquait une puissance radieuse, d'où était absent le remords, et la pâte généreuse glissait de l'orifice avec une grâce éblouissante pour rencontrer les poils drus de la brosse et se plaquer contre une dentition éclatante.

CHAPITRE 6

Il était déjà trop tard pour laisser échapper ce cri qui lui brûlait la gorge. Ce qui l'entraînait si rapidement, ce n'étaient pas les regards soupçonneux qu'il sentait dans son dos, mais un besoin d'achever tranquillement ce qui devenait déjà un souvenir exigeant. Pour aller le transporter ailleurs, en un lieu plus propice à son examen et à son éclosion.

La porte extérieure de l'immeuble de ses hôtes ne portait aucun numéro civique. Elle était en retrait et donnait sur une ruelle, derrière le stationnement. L'immeuble entier semblait condamné et Iehl dut enjamber un petit fossé boueux avant de se retrouver dans la rue.

Il marcha quelque temps dans le vieux quartier, en cherchant à se délivrer ainsi de son agitation. Son seul regret était de n'avoir pas parlé à la jeune femme et de n'avoir même aucune image nette de son visage ou de son corps.

La désolation de cette chambre lui rappelait les dangers qu'il avait encourus durant son enfance. Une détresse qu'il connaissait bien et dans laquelle il se revoyait, suspendu au-dessus des peines ordinaires, insoucieux d'un sort meilleur.

C'était un samedi matin froid et gris, où de vieilles femmes se promenaient en laissant s'épandre derrière elles de longues traînes de soie noire. Quelques badauds marchaient en se tenant la tête, pâles et tièdes, un peu de frayeur se dessinant dans leurs traits.

Iehl se retrouva sur la place Jacques-Cartier où un fort vent soufflait. Des clochards se tenaient sur les bancs entourant le buste de bronze, souillé des fientes des goélands. Jacques Cartier avait des lèvres pincées et un regard louche, son visage inaltérable s'exposait sans indulgence, un chapeau empenné l'écrasant de sa masse.

Il était sans doute le mannequin favori de la foule, celui que les yeux trouvaient admirable, celui dont la seule évocation comblait les touristes venus des coins reculés de la province, qui s'oubliaient totalement dans la certitude de sa découverte.

Iehl avança tant bien que mal vers la statue, pour vérifier une fois de plus le regard irrité du conquérant. Ce regard appliqué à suivre les contours d'une ville intérieure, qui se glissait dans l'histoire sans grands efforts, touché par la grâce.

Si le vent le poussait vers le fleuve, Iehl s'acharnait pourtant à gravir la place couverte de pavés disjoints contre lesquels ses pieds butaient. Le sol vibrait sous ses pas et il essaya plus d'une fois, en vain, de reprendre le cours de ses pensées qui se dispersaient.

Il découvrait en lui une vacance, un repli où s'écoulaient lentement les murs suintants et verdâtres, les enseignes de cuivre des auberges et des bars. Chaque pas modifiait insensiblement le décor mais le rendait également plus coulant et il se rendit compte une fois de plus qu'il n'avait jamais pu se départir du sentiment de la honte.

Le sang gonflait la masse insoumise de son corps, qui peinait dans l'accomplissement de cette simple action ! Cela l'humiliait et le réconciliait aussi avec lui-même. Il éprouvait une satisfaction douteuse devant chaque manifestation de son infortune.

Le monument de bronze reposait sur un socle de béton. L'avenir s'y inscrivait en petits caractères byzantins. Iehl s'approcha d'assez près pour lire certains des graffitis, des paroles grotesques qu'il déchiffra en pliant l'échine et en plissant les yeux. L'effort qu'il fit lui parut stupide, parfaitement inutile.

Le vent ne le laisserait jamais tranquille. Il n'attendait qu'un instant de distraction pour le refouler vers le fleuve. Un clochard était enroulé dans un grand imperméable et sommeillait sur un banc, la tête ceinte d'un bandage crasseux, une barbe grisonnante hérissant ses joues. Deux jeunes gens, tout aussi misérablement vêtus, respiraient de la colle à même un sac de plastique.

Ses semelles semblaient lestées d'une boue épaisse. Il fit un effort pour se dégager et reprendre son ascension. Même si, à première vue, l'espace paraissait se comprimer comme un objet trop longtemps dissimulé, que l'on brandissait soudainement devant ses yeux, Iehl s'aperçut que ses efforts le soumettaient encore davantage à une force d'inertie qui le gagnait et menaçait de le laisser engourdi et heureux, dans ce plan incliné, roulé en boule près du fleuve.

L'hôtel de ville surgit devant lui, un ultime obstacle à contourner, avant de rejoindre le cœur de la cité, où des foules s'observaient en silence. Il débloua alors, les yeux écarquillés, en courbant davantage le dos, et s'engouffra par une porte pivotante vers les sous-sols de la cité.

Le métro ouvrit ses portes et Iehl entra dans un wagon éclairé de néons blêmes. Il s'assit sur un siège du fond et demeura là tout le long du trajet, dans une attitude prostrée.

Un faible rayonnement surgissait du tréfond de lui, un bourdonnement ouaté qui devait être de la torpeur. Cela donnait aux événements de la nuit, par contraste, un aspect tranchant et désagréable.

Tous ses actes lui paraissaient, à rebours, inutilement provocants. Le métro glissait dans le tunnel serpentin puis une lumière coulante jaillit et des types se poussèrent devant les portes mécaniques.

Iehl s'agrippa à la main courante et monta l'escalier roulant alors qu'une conversation inexplicable se déroulait à ses côtés. Ce ne fut que parvenu à son immeuble qu'il constata qu'il n'avait plus les clés de son appartement. Il était mal préparé à affronter le concierge, qui le reçut dans sa loge en se brossant les cheveux.

Le concierge se démenait pour donner à sa chevelure une nuance flottante et lustrée et ne répondit d'abord rien à l'histoire que lui débita Iehl. Ce ne fut peut-être que par crainte de développements fastidieux que le concierge accepta d'aller ouvrir la porte de son locataire.

Il le précéda dans le corridor et sentait fort l'eau de Cologne. Sa voix résonnait péniblement dans le corridor. Une de ces voix économes qui s'acharnent sur les petits détails.

Seul dans son appartement, Iehl s'écroula en sanglots, il se laissa aller tête baissée dans le déversement inattendu de ses pleurs. De gros sanglots qui le vidaient et qui le dépouillaient peu à peu d'une tristesse caduque. Il s'abandonna si bien qu'il lui fut donné de boire ses larmes. Une eau secrète à l'odeur d'orchidée, où chaque souvenir devenait une petite embuscade.

CHAPITRE 7

Iehl ne risquait rien à camoufler sa peine en un sombre numéro de trapèze, où il accomplissait sans danger un demi-saut périlleux, durant lequel d'autres voix lui parvenaient en aparté, des petites voix de retable qui se raréfiaient et qui se nimbaient d'un appel froufroutant.

Il ne recherchait pas l'apaisement ou la réconciliation avec ces fragments de son passé qui se dispersaient dans un improbable futur. Il emportait seulement avec lui, un peu plus loin, l'appareil compliqué de ses désirs, et leurs réfractions éloquentes, leurs multiplications insensées, toute cette amertume qui se dispersait au petit bonheur.

Une fatigue mêlée à un vague dégoût l'écrasait et il s'épongea le front en poussant la porte de sa chambre. Il se déshabilla et se glissa sous les draps. Les objets vacants manquaient d'aplomb et ne finissaient plus de combattre la lumière du matin, comme si celle-ci représentait un danger et menaçait de les éparpiller en retour.

Il avait pris l'habitude, enfant, de s'enfermer certaines nuits dans une garde-robe, et il avait l'impression que c'était de cette position mélancolique, qui appelait la catastrophe, qu'il pouvait le mieux considérer sa condition présente.

La garde-robe sentait le velours fané et les laines fibreuses des vieux gilets tristes, les cuirs des bottes polies et des manteaux humides. Là, tant bien que mal, il lui était possible d'installer son ordinateur et d'expérimenter à neuf la pertinence de son questionnaire. Il ferma les yeux.

Ses sanglots l'avaient détendu, il était maintenant très calme et pouvait entamer les manœuvres nécessaires à la mise en marche du programme. Assis dans les ruines de son enfance, il se sentait à l'étroit, mais prêt à se confondre dans la lumière farineuse qui émanait de l'écran cathodique.

Il n'hésiterait pas à faire les gestes nécessaires. Il savait déjà qu'il ne se contenterait pas d'une simple révélation, d'un de ces moments d'extase qui suscitent le respect et parfois la dévotion.

Les yeux fixés sur l'écran, il se sentit basculer au fond de la garde-robe, dans l'épaisseur sombre des vêtements et il se mit à frapper les touches, le visage impassible, avec ce sentiment délicieux de la fraude. Il éprouvait une satisfaction nouvelle. Celle de se pencher avec indifférence ou avec une froideur calculée sur ce qu'il était convenu d'appeler le réel, au moment même où celui-ci s'effritait sur ses bords et perdait un peu de sa dureté de vieux bronze souillé par le temps.

Certes, il n'avait jamais voulu réclamer la juste part d'un butin dont il ne savait calculer le prix. Il n'entendait pas préserver son innocence, non plus que survoler à distance de grands champs ravagés par la solitude, qui était celle d'un petit garçon. Il se tenait accroupi dans la garde-robe et entendait y rester le plus longtemps possible, sans broncher, délivré du poids du jour, et le scrutant.

L'écran lactescent inondait de cris mal formés son étroit refuge. Il prenait lentement le rythme, habitué qu'il était de descendre au plus profond de lui-même. Une épave silencieuse incapable de retour, pressant le tube dentifrice de ses deux mains tremblantes.

Il se réveilla alors que le soir était tombé. Il avait une érection. Les lumières étaient closes et il resta dans la pénombre à caresser son sexe, dans l'uniformité grise de ce refuge où lui revenaient en écho les voix mêmes du malentendu.

Durant quelques instants, il eut l'impression de basculer dans les profondeurs humides de la garde-robe, où il absorbait les phosphorescences de l'écran, puis il ressentit un ballonnement de son être qui se soulevait lourdement pour former un arc et frottait quelque chose qui ressemblait à une pierre.

Le sang remplit sa bouche d'amertume et il vit sur le ciel lointain des yeux de mollusques qui semblaient le regarder à leur tour. Puis il alluma une lampe près de lui et essuya le sperme sur son ventre avec un mouchoir.

Il n'était que six heures et il avait une fois de plus toute la nuit devant lui. La chorale se réunissait durant la soirée et il se réjouissait d'avoir pris ce repos. Il pourrait chanter d'une voix sans défaillance avec les autres choristes, dont les visages pâles se rétractaient lors des longs crescendo.

Iehl pourrait chanter de sa voix dévouée, à la fois égale et mouvante parmi les autres voix qui s'élevaient vers la voûte. Il alluma une à une les lampes et les plafonniers de son appartement, aux dimensions scéniques, et il chantonna en la simplifiant une ligne mélodique empruntée au répertoire baroque.

C'est en reprenant un passage qu'il s'aperçut qu'il lui était possible d'observer sa propre chute dans l'espace. Comme s'il se jetait du haut de l'immeuble pour aller s'écraser sur les pavés résineux.

Il chanta ce même soir d'une voix impudique et il eut de la difficulté à maintenir son registre, pour ne pas s'abandonner dans le tourbillon des autres voix. Il eut de la difficulté, d'abord, à s'assurer de la bienveillance du chant, qui le transportait vers une trajectoire ascendante et risquait de le laisser retomber dans le vide, de le laisser s'écraser à travers un brouillard où les voix ne lui parviendraient plus qu'en écho.

Le chant le soutenait avec une force merveilleuse cependant, cela montait en une humble dévotion dans l'église remplie de démons gourmands qui ricanaient, cela le propulsait comme une particule d'azur dans l'espace pétrifié où des statues sans grâce attendaient, illuminées par des bougies vacillantes.

Il se laissa littéralement envahir par ce chant comme il n'avait encore jamais osé le faire, heureux du déroulement rapide des vocalises, oublieux de l'âpre vérité révélée par les chœurs.

Il entonnait l'hymne à l'oubli dans le vertige bourdonnant, où le débit des voix se relâchait dans un dernier effort, tout près des ombres nourries de ses chagrins, où les confettis du manchot s'éparpillaient dans la nef.

TROISIÈME PARTIE

Les boîtes à musique

CHAPITRE 1

Iehl passa quelques jours sans quitter son logement, jusqu'à ce que quelqu'un vienne sonner à sa porte. Il avait débranché son téléphone et regardé le téléviseur sans mettre le son. Les images s'étaient déroulées en un curieux clapotis, où des visages murmuraient en le regardant parfois à leur tour.

Il avait prévenu le bureau qu'il prendrait une semaine de congé, le temps de résoudre le problème posé par son numéro d'identification inadéquat. Mais il n'arrivait pas à se sentir concerné par ce problème et il était resté chez lui, presque satisfait.

Mieux valait encore se présenter nu à un comptoir pour demander des vêtements de rechange, et se voir imposer un costume loufoque, mal ajusté, qui lui donnerait l'air d'un névropathe en balade. Il se décida à aller ouvrir la porte après la troisième sonnerie. Treber le considéra d'un drôle d'air, son grand visage d'intrus souriant avec candeur.

« On dirait que tu es sur le point de t'écrouler. Tu m'as préparé une mise en scène ? »

Il entra après avoir pris définitivement possession du terrain. Iehl d'abord se dit qu'il ne devrait pas étaler ainsi, aux yeux de son collègue, ses lambeaux de vie timorée qui ne risquaient que de susciter le dédain. Mais Treber n'était pas homme à lever le nez sur le désarroi d'un copain et se frottait les mains en regardant autour de lui.

Sa conduite l'avait précipité dans un fossé et Ichl essayait maintenant de crâner en essayant de paraître aussi naturel qu'il lui était possible de le faire, dans les circonstances. C'est-à-dire qu'il avait l'air de ces vieilles scuptures peintes en train de s'écailler, sans qu'il lui soit possible de corriger la situation.

Il avait échoué dans son logement, avec le seul désir de se livrer aux anges qui priaient pour que le ciel ne disparaisse pas dans les ténèbres. Et il avait prié, en regardant le téléviseur sans le son, où des acteurs aux visages de poisson, à l'embonpoint généreux, souffraient comme des caméléons flottant dans le vide.

Treber était un bon acteur, aux subtiles contorsions, qui savait chaque fois se remettre dans la bonne voie, quelle que soit la ténacité du refus qu'on lui opposait. Il ne cherchait pas à obtenir les confidences ambiguës mais les faits qui le transformeraient à ses propres yeux, car les autres lui offraient l'occasion de se mirer sans avoir à se juger.

Se sentant devenir un miroir déformant, Iehl cherchait à son tour, dans sa propre observation, une image qui lui suggérerait une clé. Ce n'était pas simple, car cela revenait inévitablement à une abomination. Il donnait la réplique en choisissant ses mots et s'offrait en retour comme une proie.

Puis, par sa faute, il y avait un glissement. Treber faisait son entrée triomphale, en feignant d'accomplir une prouesse. Le mécanisme de sa perte était enclenché et la porte se refermait derrière lui. Il était un piètre miroir, tout juste bon à se refuser.

« Séchouard croit que tu concoctes une trahison, et que tu serais sur le point d'offrir tes services à une agence rivale. Clara te défend.

— Tes affaires vont bien ?

— Qu'est-ce que tu racontes ? J'aime me promener sur un terrain miné. Je n'attends pas que tout me tombe d'un coup sur la tête, comme toi. Je me prépare une tragédie par mois. Ça vaut mieux, crois-moi. »

L'unique voie de secours connue pour éviter que le hasard ne le rattrape comme un sale fuyard. Il ne connaissait l'apaisement que dans la multiplication des illusions les plus stériles, celles qui le surprenaient au lit en train de se rhabiller en toute hâte, celles qui le faisaient suer à grosses gouttes après le dispersement cadencé de son sang.

Ils devaient s'entendre sans avoir à s'expliquer, puisque Treber revenait s'agiter devant lui, puisqu'il était prêt à se compromettre en sa présence, peut-être même à le défendre auprès de ses collègues. Paul, tout en parlant, l'entraîna dans la cuisine où il se mit à vérifier le contenu du réfrigérateur.

« C'est du poulet, ça ? Cette chose blanche, grignotée sur les bords, qu'est-ce que c'est ? Tu n'as rien à boire ? »

Il commanda par téléphone une pizza, sans cesser de parler, réussissant peu à peu à secouer Iehl de son état léthargique. La neige rayait les fenêtres et tombait en secret, sur les capots de voitures et sur les bornes-fontaines. Pas de doute, cela donnait une certaine ampleur à la ville, l'aspect d'un désastre silencieux, comme si elle réclamait muettement que l'on vienne à sa rescousse.

À certains moments, un coup de vent faisait s'éparpiller les flocons dans tous les sens et des piétons s'arrêtaient sur place, transpercés par le souvenir d'une douleur. Puis ils traversaient la rue en poussant des cris et disparaissaient en ne laissant derrière eux qu'une ombre effilée.

« Tu ne vas quand même pas rester comme ça sans rien faire, reprit Treber. Tu n'es pas le premier à qui il arrive une erreur de ce genre. Il faut réagir ! »

Ils mangèrent la pizza. Treber eut le temps de lui parler tour à tour de son amour adultère et de son premier mariage, qui avait viré au désastre. Il parlait en modelant chacun de ses mots, en desserrant d'un coup de main sa cravate, sa tête pâle et large couronnée par des cheveux drus, abondants.

Il ne connaissait pas la prudence fiévreuse de ceux qui se balancent doucement au-dessus de l'abîme. Il était vivant et marchait en piétinant la neige, en affirmant tout haut sa virilité et ses droits.

Le visage animé acquérait une intensité coupante, flatté de profiter d'un moment de faiblesse et refermant sur lui l'espace. La cuisine qui donnait l'impression d'être demeurée intacte, la neige qui s'éboulait par les fenêtres, la ville qui disparaissait sous les bourrasques subites.

Iehl ne reçut pas d'autres visites ce jour-là. Après le départ de Treber pour le bureau, Iehl ne sut plus quoi faire. Il rebrancha son téléphone et appela le service d'information météorologique. Un système de basse pression s'esquissait en grises ondulations par-delà l'océan Atlantique et provoquerait de légères perturbations barométriques.

Mais ces démarches ne firent qu'augmenter ce qui ressemblait à un léger tourment, ou à une guillotine suspendue dans les airs et dont le couperet serait si fin que, s'il venait à tomber, il traverserait le corps sans le trancher. C'est ce silence qui rapidement lui devint insupportable et il se mit aux fenêtres du salon pour contempler la ville, jusqu'à ce qu'il perçoive mieux les appels des piétons qui barbotaient dans la neige.

Dehors, il se dit qu'il n'avait nulle part où aller, nulle part où il désirait véritablement aller, aussi il se mit à marcher en éprouvant à chaque pas la sensation de piétiner son désarroi. Il se concentrait pour que chaque pas adhère bien au sol et cela lui donnait une démarche furtive.

Comme si, en définitive, il était persuadé qu'il parviendrait à un cul-de-sac en utilisant ce chemin, mais il persévérait néanmoins. Depuis quelque temps il était affligé d'un certain dérèglement de la mémoire et il lui arrivait de se convaincre que son passé n'était qu'une trame interrompue, qui se composait essentiellement de brusques rappels.

CHAPITRE 2

Estelle Fraguier n'avait pas même mentionné à Cyrill qui avait appelé, rejetant aussitôt cette conversation téléphonique parmi les petits événements ratés de la vie quotidienne. Qu'aurait-elle pu fabriquer avec ce moment d'inattention et de léthargie, cette conversation qu'elle avait subie, somme toute, comme un outrage ?

Elle n'en dit rien et se contenta de mentionner son expédition dans le quartier des émeutes et sa rencontre avec la famille des muets. Cyrill écoutait toujours ses histoires comme si cela le comblait.

En sa compagnie, les expériences d'Estelle devenaient une musique subtile qui l'entraînait peu à peu vers sa chute. Une boulimie de méthode qui l'obligeait à se pencher vers chacun de ses objets pour en expliquer la grâce et le pouvoir.

Alors elle furetait dans tous les coins. Elle se lançait sur les routes, imbue de l'importance de sa mission, convaincue qu'après qu'elle lui aurait tout montré il partirait de lui-même. Mais il ne quittait pas les lieux. Il n'était pas de la race des déserteurs.

Pour un peu, elle l'aurait supplié de partir, de ne pas chercher à comprendre, de ne pas retirer d'un coup tout le suc de cette amertume. Même sous les insultes, il serait peut-être resté.

Dans les jours qui suivirent elle rencontra également un vieux professeur de musique qui n'avait plus chez lui que son piano pour payer ses dettes, et une collection de boîtes à musique, dont les mécanismes précis exécutaient des mélodies intimes lui rappelant des odeurs de fruits et d'onguents, des bals filtrés par un écran où les corps des danseurs s'inscrivaient sans résistance.

M. Baas l'avait accueillie d'abord avec l'air d'un animal apeuré dans sa tanière, avec de grands yeux traumatiques qui amplifiaient sans doute chaque petit geste enregistré. Il parlait de son grand âge avec une coquetterie charmante et servait le thé dans de fines tasses de porcelaine qui s'entrechoquaient contre les soucoupes à motifs floraux.

Ses yeux maintenus sur la défensive, conscient d'être dans une impasse, où il s'était peut-être laissé volontairement enfermer.

« Vous pouvez tout prendre. Même le piano qui ne sert plus qu'à jouer des mazurkas avec un seul doigt! C'est bien, avec un seul doigt, mais je suppose que ça pourrait être mieux! Mais laissez-moi mes boîtes!

— Monsieur Baas, il n'y a pas de rédemption possible, dit-elle de sa voix la plus douce. Nous allons tout vous prendre. C'est vrai, il ne vous restera plus rien. »

Il eut un petit rire précis et brillant comme une étoile filante, satisfait qu'elle ne cherche pas à lui mentir et qu'elle ne lui offre pas une consolation plus amère encore que ces pastilles homéopathiques qu'il laissait fondre inutilement dans sa bouche avant de les avaler.

Son rire souffrant laissait impassibles la poitrine et les épaules, qui n'eurent pas un frémissement. Seule la mâchoire fut faiblement agitée par ce transport grêle, qui menaçait de le rompre. Le visage touchant de beauté accomplie, il se confondait dans l'éblouissement de ce rire qui ne réclamait déjà plus rien.

Tout ce qui lui arriverait désormais serait de l'ordre de l'accomplissement douloureux et il n'avait pas l'intention de chercher à s'y opposer. Il se soumettait, car il n'avait plus autour de lui personne à qui réclamer miséricorde.

Un de ses derniers amis vivants habitait maintenant le Minnesota. Peut-être y était-il encore, mais monsieur Baas avait perdu son adresse. De toute manière il aurait trouvé déprimant d'avoir de ses nouvelles, car que pouvait-il arriver à des vieux comme eux ? Il aimait mieux ne pas y penser.

Ce degré de renoncement n'était pas le résultat de luttes âpres. Cela lui était venu par blocs. De grands pans entiers de sa vie qui s'étaient détachés de lui et qui maintenant traversaient l'Amérique sous son regard abattu.

Il était devenu trop faible pour tout retenir mais, durant un certain temps, il avait continué à jouer du piano avec ses pouces. Il aimait l'entrain frénétique des mazurkas. Cette sorte de déséquilibre involontaire provoqué par la mesure à trois temps, la mélodie enclenchant un phénomène de détachement similaire à celui ressenti par la pratique du chant grégorien. Mais d'une façon accélérée, qui ne vous laissait pas le temps de respirer.

Seulement, l'arthrite avait engourdi ses poignets et il avait l'impression parfois que ses doigts devenaient des lézards. De petits lézards qui rampaient toute la nuit sur ses draps et qui n'arrivaient plus à presser adéquatement les touches d'ivoire.

Il avait eu l'idée d'apprivoiser ces bêtes en les soumettant à des exercices simples, avant de les laisser courir sur le clavier. Cela ne faisait que le faire gémir. En dessous de ses doigts, la peau était devenue d'une blancheur aqueuse, et les muscles même devaient être calcifiés.

Sa chair le dégoûtait un peu dans son épaisseur qui ne laissait plus passer les sensations de froid et de chaud. Les notes de la mazurka étaient lâchées dans de grands boulevards vides, dans des parcs désertiques où les piétons se contentaient de tourner en rond.

«Je me doutais bien qu'ils enverraient quelqu'un, dit-il. Allons! Venez! Je vais vous les montrer.»

CHAPITRE 3

Ces rappels, malheureusement, ne se produisaient qu'aux plus mauvais moments et lui laissaient cette impression qu'il était trop tard. Iehl n'était jamais à la hauteur de ces événements insidieux, qui lui rappelaient comme son corps d'enfant était transparent et tendu à l'extrême.

C'était évidemment ce vent gris qui le bousculait, qui lui permettait ces méprises où, avec une désinvolture impardonnable, il se mettait à attendre son cri, qui se réverbérait dans les rues jusqu'à ce que chaque piéton se retourne vers lui d'un air désolé.

Ils étaient tous meurtris et usés à l'extrême, mais ils avaient su élaguer peu à peu leurs mondes de ces petits cris. Ils en avaient fait un tri et n'avaient conservé que ce qui était nécessaire pour traverser une rue sans encombre.

Le pire était que ces événements, qui lui arrivaient pêle-mêle, avaient l'exacte portée de sa voix. Ils se déroulaient devant lui, intimidants, selon un rituel compliqué, et traçaient dans la ville une trajectoire qui le ramenait à lui-même, tel qu'il était présentement, marchant d'un pas traqué vers un coin de rue qu'il ne reconnaissait pas.

Ses pensées l'encombraient et il cherchait en vain une voix qui se serait élevée, pour prendre sa défense ou pour chasser les autres. Mais il devait se contenter, au mieux, de leur imposer un rythme, de les assujettir en somme à cet interminable soliloque, où cet état de fuite se transformait en marathon.

Il marchait dans la ville-île où il lui était possible parfois de croiser, dans la plus parfaite ignorance, des pans entiers de son passé. Cette autre ville, il ne l'occupait que par procuration, il n'en voyait que les ruelles et les arrière-cours, il ne faisait que deviner l'étendue de ses tours à bureaux.

C'était un espace qui le comprimait et que pourtant il avait fabriqué, en devenant complice de la solitude de sa tante et en inventant avec elle chacune de ses avenues. Dans cette ville-là, il se souvenait qu'il y avait plein de monuments saugrenus, de vieux anges triomphants aux têtes décapitées, des jardins vacants où des robineux dormaient sur les bancs.

Il entra dans un café pour se réchauffer et chercha en vain à rejoindre Estelle Fraguier au téléphone. Elle n'était pas au bureau et sa secrétaire ne savait où elle se trouvait. En revenant à sa table, il remarqua que le serveur l'examinait curieusement. Il était sorti en ne prenant pas garde à ce qu'il portait et avait oublié de se raser.

De toute manière il ne lui restait plus qu'à rentrer tranquillement chez lui, car la neige continuait à tomber et il devenait de plus en plus difficile de marcher. Et puis avec ce temps variable il n'y avait pas lieu d'attendre d'autres révélations. Pour aujourd'hui, il était déjà heureux que Iehl n'ait pas détourné davantage son regard et qu'il ait pu affronter une fois de plus ces grands pans de réalité hostile, soulignés au crayon noir.

Le restaurant était un de ces endroits modestes, que des ouvriers et des désœuvrés envahissaient par vagues, en salissant avec leurs bottes le plancher de linoléum terni, les voix fortes s'engluant aussitôt dans des conversations à bâtons rompus. Iehl n'avait pas l'habitude d'entrer dans ces snack-bars décorés de néons et d'affiches de cinéma, où des miettes pouvaient joncher les tables, où le café ne pouvait être bu qu'une fois sucré immodérément.

Ces endroits lui ressemblaient peut-être trop. Ils lui rappelaient trop directement les petites misères sans nom où sa tante comptait ses pièces de monnaie, avec son merveilleux visage d'oubliée.

Il n'osait pas venir s'asseoir dans un lieu où chaque humble petit objet sollicitait sa dévotion : le sucrier de plastique transparent contre les parois humides duquel des granules restaient accrochés, la rangée de tabourets pivotant devant le comptoir à la bordure chromée, la distributrice à cigarettes.

Tous objets qui n'avaient rien pour séduire et qui demeuraient à jamais dans les limbes. Cela aussi appartenait à la vaste imagerie de son enfance, où les choses n'étaient que des points de référence à d'autres plus somptueuses et plus vraies.

Une femme d'une quarantaine d'années, aux cheveux décolorés, braquait des yeux de comédienne vers le coin de la rue. Des piétons gris s'écartaient pour laisser passer un chasse-neige. L'appareil monté sur des chenilles dégageait les trottoirs avec vélocité. Le conducteur avait le dos courbé dans sa cabine vitrée et semblait sur le point de pouffer de rire.

L'appareil passa en vrombissant près du snack-bar et la femme, les yeux fardés, tourna la tête pour le suivre. Les piétons reprirent leur chemin sur le trottoir dégagé, avec ce pas désabusé des gens de la rue qui cherchent un abri contre le froid. La vitrine du restaurant les encadra un instant avec naïveté, et comme d'habitude ils disparurent un à un du cadre, en prenant soin de jeter derrière eux des regards suspicieux.

Il n'aurait pu négliger à cet instant aucun des mouvements des clients du snack-bar, tant ceux-ci paraissaient empreints de cette nécessité lancinante qui, en lui, répondait à un territoire qu'il aurait aimé protéger. Quelque part il lui était possible de repeindre un à un chacun de ces chuintements et chacun de ces visages immédiats et distants.

La femme aux cheveux décolorés lisait avec attention les lignes invisibles d'un journal en hochant parfois la tête en signe d'acquiescement. Puis elle sautait quelques pages et jouait à cache-cache avec les événements : faillites de grands consortiums étrangers, guerres entre des peuples affamés, prisonniers à la tête rasée qui regardaient, sans expression, l'objectif.

Un homme malheureux comme une énigme algébrique mangeait des frites, ses vêtements déteints retombant mollement contre un corps osseux. Les plis de ses vêtements fatigués réclamaient de l'attention, empreints de l'odeur de la friture et du tabac, du déroulement définitif des jours proscrits.

Le snack-bar se détachait légèrement de la ville et devenait un point lumineux sur la carte, où se rassemblaient des solitudes sournoises. Chaque client, malgré son air apitoyé et sa voix cassée, revenait à cet endroit dans un but bien précis et regardait crânement autour de lui ce qui pourrait le ravir.

Les vieux planchers crasseux où de la neige fondait. Les néons violets qui couronnaient des étagères vitrées. La caisse enregistreuse qui sonnait les heures et prononçait leurs noms. Iehl assistait à une chorégraphie savante. Chacun devenait un héros redoutable sur le point de dévoiler la vérité.

La femme agita le journal et le rapprocha de ses yeux, deux ouvriers décoiffés se prirent les mains et les serrèrent dans un même élan. Dans les annonces classées, il se trouvait de tout à vendre, des objets perdus que l'on avait peinturés en rouge, des objets périssables qui laissaient derrière eux des impressions de manquement ou de reconnaissance, des objets lourds et humides qui frémissaient sous les doigts.

Iehl se leva et paya et lorsque la caisse enregistreuse se referma il était déjà de l'autre côté de la rue. Il quittait lentement le plateau de la vile île et remontait l'escarpement pavé menant vers le littoral.

CHAPITRE 4

À tous les jours, vers les trois heures de l'après-midi, M. Baas enclenchait les mécanismes des boîtes à musique. Les rouages de certains d'entre eux étaient apparents sous un boîtier de verre. Quelques mécaniques particulièrement réussies présentaient un théâtre miniature, où des comédiens incompréhensibles venaient siffler une ritournelle en pirouettant sur eux-mêmes, avant de repartir, entraînés par le mouvement circulaire, les bras pleins de fleurs.

Ces mises en scène, qui avaient toute la naïveté d'une formule, ajoutaient à la musique carillonnante le charme soigneusement conquis de l'illusion. Mais ce n'était pas seulement dans l'obsession de la ritournelle et dans le glissement parfait de l'engrenage que résidait d'abord la fascination de ces appareils merveilleux.

« Je vais vous montrer. Celui-ci s'actionne à l'aide d'une clé de verre. Ta ta toum! Voilà! Tam tam! Regardez-le bien, parce qu'il ne revient que trois fois. »

Tandis qu'il mettait en marche d'autres engins, la silhouette d'un vieillard se mit à tourner sur un petit socle, un visage rempli d'un effroi bubonique, et c'était la musique, pensa-t-elle, d'un condamné à mort. Il y avait derrière lui un cheval essoufflé, dont les flancs amaigris laissaient voir l'ossature, et les marques de sa joie aveugle de forçat.

M. Baas tournait d'autres clés, selon un rituel inchangé depuis plus d'une décennie, empreint du sérieux d'un hôte qui présente à son invité ses plus riches possessions. Une odeur de poussière et d'ennui flottait dans l'appartement.

Cette musique suspendait les tourments infligés par le temps et menait Estelle Fraguier sans transition vers des sphères où régnaient les désirs mortifères et la tendresse déraisonnable qui naît de la souffrance. La silhouette effleurait de ses pieds les bords d'un précipice rose et s'infligeait cette dernière promenade, avec tout l'entrain du vieillard désireux de bien faire.

« Écoutez bien maintenant. Écoutez bien et vous verrez que vous n'aurez plus le choix. Toutes ces petites notes qui vous réclament. Cela m'a pris quelque temps avant d'entendre chacune distinctement ! »

Estelle Fraguier se contenta de surveiller le vieux. Il leva faiblement un bras et fit le signe d'un chef d'orchestre qui chercherait à agencer le chaos, dégageant dans les registres variés et les tintements progressifs une construction, dont l'harmonie ne pouvait qu'être devinée par son visage.

Il souriait, ayant oublié ses douleurs arthritiques et les pulsations moites de son sang. D'un doigt il indiqua vaguement le plafond, comme si toute la musique se dénouait là-haut et donnait naissance à un réconfort qui serait désormais dépourvu de conséquences.

Car il n'y avait rien à tirer de ce ferment. Il n'y avait rien à découvrir au-delà même de sa matière, dans l'embarras de sa fusion et dans la précision de ses registres. Les rythmes débutaient de façon accélérée, comme s'ils cherchaient à combler Estelle en l'élevant d'un seul coup au-dessus des tourments familiers.

Une force motrice produisant une série de métaphores qui s'avéraient être toutes provisoires, puis ralentissait peu à peu, jusqu'à ce que les tintements ne lui parviennent plus qu'en retard, consacrant la résonance comme une finalité à différer.

« Vous connaissez, n'est-ce pas, cet air ? Ta ta toum ! Et celui-là ? Remarquez comme il donne l'impression de se préparer pour la phrase finale ? Ce sont mes petites boîtes à secret ! Vous voudriez que je m'en sépare ? Ce n'est pas possible, je ne peux pas les quitter ! » murmura-t-il.

Le vieux inclina la tête pour mieux se concentrer, alors que les dernières notes s'éteignaient dans le logement. Il avait réussi à capter quelque chose de palpitant, qui s'agitait encore en de faibles soubresauts, et qui maintenant prenait de la distance, s'éloignait, pour le laisser orphelin.

Cette rupture le privait de centre de gravité, à la fois désemparé et grisé par cette liberté recouvrée, dont il ne savait plus quoi faire. Il admirait ses petits automates, qui lui permettaient de marcher sur une corde raide au-dessus d'un précipice, et revivait tous les après-midi ce drame intime et fallacieux, qui consistait à élever un barrage sonore où il accueillait chaque note avec reconnaissance, touché par l'horizon lointain du silence qui se rapprochait.

CHAPITRE 5

Joris Iehl traversa une zone de jonction routière où la circulation devenait particulièrement dense. Bien qu'il n'avançât qu'en s'éloignant toujours plus de son logement, il persévérait.

Chaque immeuble semblait être situé dans un espace imprécis, ou trop près ou trop loin. La vieille gare obèse aux tourelles en pignons flottants, le Palais des Congrès dont la masse bétonnée ne faisait que se profiler.

Sur la place Jacques-Cartier, il n'y avait plus de touristes. Des jeunes gens s'étaient construit un abri avec des panneaux de bois défoncés et des bouts de câble. La cabane était ficelée maladroitement et il était clair que le campement ne tiendrait pas longtemps.

Cela donnait à la construction l'aspect d'un jouet familier, d'une maison de nain où l'on vendrait de la camelote. D'un endroit où il était possible de compter les heures à la porte d'entrée. Un jeune homme avait installé sur un banc public, près du monument du découvreur au nez aquilin, un réchaud au gaz propane sur lequel un bouilli mijotait.

Le chasse-neige passa sur la place en cahotant, forma une banquise de neige sale, puis repartit vers le marché Bonsecours.

« Si vous voulez manger, il vous faudra attendre encore un peu », lui dit le jeune homme, qui surveillait la flamme du réchaud avec une attention butée.

Iehl ne répondit rien et s'assit sur un autre banc, à l'écart. La place était jonchée de détritus et n'offrait plus rien de cet aspect aseptique et rassurant proposé par les cartes postales. Au contraire, les façades teigneuses, aux pierres noircies, s'effritaient et étalaient avec coquetterie leur charme désuet, devant la dépouille conventionnelle du monument.

À l'extrémité nord, à la droite de Iehl, des fonctionnaires municipaux couraient devant l'hôtel de ville, au profil sculptural, tandis que le fleuve et son attrait magique clapotait vers sa gauche, informe. Un fleuve sale et gris qui crachait son froid dégoût le long des rives portuaires.

La place entière est située sur un terrain fortement incliné vers le fleuve. Chaque piéton était posé devant la tâche quelque peu irréelle d'escalader la pente en affrontant un fort vent, dont la violence enseignait rapidement l'abnégation. À moins de débouler vers le fleuve pour être aspiré par ses eaux.

Cette place oblique dans le décor gris de la Nouvelle-France conquise donnait l'occasion d'une vérité ratée, de celle que l'on étouffe par excès de délicatesse et dont les effluves répugnantes accompagnent le jour complice. Rien ne semblait à sa place, ou ordonné selon les proportions exactes du souvenir. Iehl sentait son malaise et son besoin d'immobilité grandir.

Le jeune homme devant le réchaud surveillait la flamme verdâtre, le profil mélancolique, les doigts maigres tendus près de la bouche. Des jeunes gens entraient et sortaient de la cabane sans paraître prendre grand plaisir à cette activité, même s'ils feignaient parfois des rires déments et des poses grises et théâtrales, où ils imitaient de façon saisissante le délire de persécution et la folie des grandeurs.

Ces tirades semblaient adressées au monument, au fleuve ou à Iehl lui-même, comme une lettre sans adresse de retour, et se déroulaient de façon acharnée et confuse.

« Est-ce que vous êtes comédiens ? demanda Iehl à une jeune femme qui passait devant lui, en s'enroulant dans ce qui ressemblait à une toge en lambeaux.

— Des comédiens sans public, ouais ! » ricana-t-elle.

Elle prit avec un sérieux étonnant la pose de l'innocence ravagée. Elle ressemblait à s'y méprendre à ces héroïnes de carton-pâte sorties des livres d'image. De ces petites héroïnes bafouées qui triomphent du destin.

Un homme svelte à la barbe enduite de graisse tira d'un coup sec sur sa toge, qui se déchira vers le bas, puis il planta ce bout de tissu crasseux sur un piquet de fer rouillé. Il s'en servit comme d'un drapeau, qu'il planta entre deux pavés, près de la cabane de bois.

Dans le sillage de ces gestes, accomplis avec le sérieux de la joie qui grince, Iehl sentait s'insinuer en lui le besoin de s'agiter et de se transformer, lorsqu'il comprit qu'il était déjà un des leurs. Le groupe autour de lui se resserrait. Il était accepté ; il pourrait, comme un des leurs, recevoir l'outrage.

Bientôt un homme vint à lui, un homme plus âgé au sourire crispé, un teint de pluie et de morte saison, un regard brouillé d'alcoolique. Il lui cracha au visage. Des applaudissements discrets s'élevèrent et le jeune homme au réchaud hochait de la tête à son endroit, en ne dissimulant pas sa satisfaction.

Iehl ne s'essuya pas et préféra ne pas réagir. Il continua le plus tranquillement qu'il put à regarder de biais, tantôt le fleuve acculé près de l'horizon et tantôt l'hôtel de ville, dont le plan légèrement incliné vers l'arrière menaçait de rompre l'équilibre effarant de la place.

L'homme l'essuya gravement ou, plutôt, il étendit la bave sur ses joues, d'un geste qui imitait assez bien la tendresse. Ses yeux avaient la fixité mélancolique du malade, dans un visage informe qui restait sans écho. Son accoutrement était formé d'une collection de tissus disparates, tenus ensemble par des moyens enfantins, des ficelles, des épingles, du ruban adhésif.

« Avez-vous déjà, demanda-t-il alors à Iehl avec un sérieux qui le désarma, avez-vous déjà reçu un crachat avec autant de plaisir ? Je veux dire, reprit-il en le regardant droit dans les yeux, il n'y a pas lieu d'avoir honte. Vous comprenez cela, n'est-ce pas ?

— Que voulez-vous dire ?

— Laisse-le en paix ! cria le jeune homme près du réchaud. Est-ce que tu ne l'as pas déjà baptisé ?

— Ça suffit ! cria un autre.

— Mais non ! Un instant ! reprit l'homme en ne quittant pas Iehl des yeux. Je veux dire, il n'est plus nécessaire de faire semblant, n'est-ce pas ? Non ? Je suis pour l'hypocrisie, moi aussi, et pourtant ! »

Sur le toit de la cabane, un jeune garçon lui faisait signe, vêtu comme les autres de vêtements mal taillés trouvés dans des refuges. Il sautillait par à-coups, en gesticulant à son endroit et Iehl se demandait s'il ne se livrait pas à une danse, à une série de contorsions, dont le seul but était d'attirer son attention.

Le jeune homme recroquevillé près de son réchaud annonça triomphalement que le bouilli était prêt. Il y eut un crépitement d'assiettes et d'ustensiles et les gens s'élancèrent, tête basse, vers la marmite grossière où bouillaient des légumes.

En effet l'odeur de choux pourris, de pelures de pomme de terre et de lard salé se répandait sur la place. Des fonctionnaires, de leur position dominante, lorgnaient la cabane en agitant faiblement leurs bras.

Les clochards se laissèrent tomber sur le sol et mangèrent en s'esclaffant. Les mains gantées et soupçonneuses, les corps agités de tressaillements subits, les visages gercés des anciens bagnards.

Un type passa à Iehl une gamelle de cuivre bosselée et une cuillère de plastique. Iehl se mit à manger avec les autres en tressaillant sous le froid, sans rien dire. Il se sentait heureux et se délectait dans un orgueil nouveau, dans un orgueil où s'enlisaient tout à la fois la lumière fragile qui perçait les nuages et le ravissement du combat qui prend fin.

En mastiquant les aliments avec calme il sentait qu'il faisait, en définitive, partie d'eux, qu'il était redevenu — pour combien de temps ? — un membre de la horde nomade. N'était-il pas né de parents qui se présentaient dans les villes pour jouer sur un tréteau des spectacles d'un jour, avec les moyens du bord ?

Sa tante ne lui racontait-elle pas qu'ils étaient souvent chassés des villages à coups de pierres, parce qu'ils enfreignaient les règlements, souvent sans le savoir, et que de toute manière ils faisaient commerce d'illusions ?

CHAPITRE 6

Il y eut aussi d'autres rencontres qui exigeaient d'elle une sorte de dévouement fielleux. Dans l'exercice de sa fonction de dépisteur, elle sentait parfois sourdre en elle une force, qui la gênait un peu, car elle y prenait le plaisir de l'accomplissement.

Elle apparaissait comme un ange du destin, envoûtante et méticuleuse, acceptant avec calme toutes les rebuffades. Sa persévérance prenait appui sur un solide sens de l'organisation, qui lui permettait de découvrir l'être déchu dans la foule d'un centre commercial.

Ceux-ci habituellement finissaient par l'approuver, par découvrir en elle le plaisir de la bête qui se repaît et quelque chose de définitif, comme un acier bien aiguisé qui tombait sur ce qu'ils avaient cru jusqu'alors impérissable.

Les vendredis soirs elle fréquentait souvent avec Cyrill des restaurants du Plateau de l'île où on lui servait des mets qui lui brûlaient le palais, et des vins qui s'épanouissaient lentement dans la bouche.

Ils n'avaient pas besoin d'élever la voix pour traverser de grandes étendues de forêts et produire quelque chose qui devait être un sous-produit de l'amour, de la connivence qui les enfermait tous deux dans un instant de bonheur. Ils abandonnaient un monde rempli de contretemps pour participer à l'étalement de leur complicité.

Puis ils faisaient une promenade dans un territoire familier. Ils évoquaient la possibilité d'avoir un enfant et de générer ainsi un nouveau régime d'identification. Un être qui les prolongerait dans le futur, un être nouveau, qui les situerait de plain-pied dans la petite histoire de l'humanité.

« Tu vois bien que cela nous ferait souffrir. Tôt ou tard, cela deviendrait comme un regret, disait Cyrill.

— Eh bien, ce ne sera pas le seul, répondait-elle. »

Il y avait tant d'autres choses. Des correspondances qui s'établissaient entre des salles de billard où roulaient sur les tables des fœtus givrés et des quais qui donnent l'illusion du vide, là où elle attend le dernier métro.

Des bijouteries qui offraient aux amants l'idéalisation parfaite de leur discours, des diamants narcissiques qui réfractaient des éclats de vie oubliée, et l'image lumineuse des anciens dieux de l'Olympe. Dans cet univers psychique, où chaque pas était voué à être un pas perdu, les regrets étaient une dépense superflue.

Une piste de danse tendue de pièges à rats. Des soirées ternes passées au clair de lune à compter ses tourments.

« Je veux dire qu'un enfant n'est pas un argument. Ça ne doit pas être si terrible de passer une vie sans avoir d'enfant. Qu'est-ce qu'il ferait dans une ville comme celle-ci ?

— Tu as peur de perdre le contrôle de ta vie », dit Cyrill.

Elle rit et lui laissa cette victoire. Mais au fond elle était un peu ennuyée par le fait qu'à ce moment il n'y avait pas de place dans sa vie pour un enfant. Pas de désir non plus, rien qui tourbillonnerait en elle et produirait des palpitations. Son corps était perdu. Elle ne supporterait pas présentement cet envahissement.

C'était le début des hostilités, car lorsqu'ils regagnaient leur appartement, leur humeur était déjà retombée sans qu'ils ne s'en rendent trop compte. Cyrill prétextait du travail pour s'éclipser, malgré l'heure tardive, et elle restait seule devant le téléviseur, à boire une bière, manipulant sans entrain la télécommande.

Elle méprisait alors la peur de Cyrill qui le faisait battre en retraite, puis elle n'y voyait rien d'autre que le symptôme de son amour à lui, de son besoin de possession. Il voulait même son ventre. Malgré les conséquences désastreuses pour sa vie. Il aurait souhaité qu'elle se laisse emplir par leur amour. Quel égotisme !

Si seulement elle avait su poser froidement devant elle ses exigences et les compter comme des perles bien enfilées sur un fil. Bien sûr qu'il lui était possible de changer tout cela, elle avait encore le pouvoir ultime de révocation.

Des êtres menacés par la loi s'agitaient sur l'écran. D'abord un visage rudement maçonné qui rappelait celui d'une divinité déchue, puis des monstres de caoutchouc qui se parlaient à voix basse. La divinité se tenait debout devant eux en les enveloppant d'un regard mélancolique.

Estelle Fraguier changea de poste et baissa le son. Des joueurs de hockey allaient et venaient sur l'écran, en évitant les coups des adversaires, en fonçant vers la rondelle. Lorsqu'elle alla se coucher, elle reprit dans le noir sa partie de billard, ses coups entravés seulement par un engourdissement du bras droit, qui n'arrivait pas à se plier correctement, ce qui lui donnait l'air, penchée au-dessus du tapis vert, d'un insecte en mutation.

CHAPITRE 7

« Tu es un des nôtres ? »

Iehl reconnut près de lui le garçon qui habitait la maison derrière le stationnement. Il avait quitté son poste sur le toit de la cabane et était venu le rejoindre.

Il avait les traits burinés de l'enfant qui complote. Le regard moqueur qui se protège de la curiosité d'autrui. Des sourcils foncés, bien esquissés, avec cet aspect touchant du bonheur enfui. L'air d'espérer encore que tout l'avenir lui tomberait du ciel.

« On dirait bien, répondit Iehl.

— Regarde, j'ai trouvé un billet de loterie ! »

Le garçon exhiba fièrement devant ses yeux un billet froissé, taché d'un peu de boue. Le billet était daté de la semaine précédente, mais le garçon lui expliqua que cela n'avait pas d'importance, que le propriétaire n'avait peut-être pas vérifié son numéro, et que le hasard jouait aussi bien dans le passé que dans l'avenir.

Iehl se leva alors en repoussant son bol de soupe et le garçon l'accompagna en silence, comme s'ils avaient convenu qu'ils devaient se rendre à un endroit précis. Ils quittèrent la place Jacques-Cartier et marchèrent quelque temps à proximité des installations portuaires.

Ils longèrent un bassin gelé, sur lequel des patineurs s'élançaient, longilignes et embrouillés. Les genoux se pliaient de façon saccadée, les bras balancés le long du corps, glissant sans répit sur une plage émeraude.

« Tu n'as pas de patin ? demanda inutilement Iehl au garçon, qui ne prit pas la peine de répondre.

— Attends un instant, je reviens. »

Le garçon s'élança à la course vers les patineurs et il le perdit de vue. Certains, particulièrement habiles, exécutaient des pirouettes, qui semblaient combler les quelques badauds disséminés autour du bassin.

Le patineur prenait son élan en courbant les épaules et fonçait, le visage crispé par l'effort avant que, vidé de toute énergie, prêt à abandonner, il ne connût la joie rapide d'échapper à la gravité. Dans un saut qui l'enchaînait et le délivrait tout à la fois. Le patineur retombait mollement sur la glace, les jambes ployées et faibles, le visage ravi, avant de faire un demi-tour et de repartir en sens inverse.

D'autres suivaient la ligne mélodique imposée par les haut-parleurs accrochés à des réverbères. Ils patinaient en cadence, sans exaltation et sans brutalité. Le garçon revint presque aussitôt, tenant un sac à dos par une courroie.

Rien n'avait changé, sinon que peut-être les immeubles étaient aplatis par de grandes ombres de boucher, des ombres mâchées par le terrain vaseux, rouges et mouillées, qui plongeaient leurs racines par-delà le fleuve qui vacillait.

Partout autour de lui les ombres semblaient avoir acquises une intensité inhabituelle. Elles étaient alourdies de désirs rampants et appuyaient par accident sur le sol. Iehl ne dit rien en voyant le vol du garçon, et celui-ci l'accompagna à nouveau en donnant des coups de pied à tout ce qu'il rencontrait.

Il connaissait un endroit où il pourrait revendre son butin, prétendait-il, et cela le plongeait dans une joie qui tenait du défi. Il lui dit aussi qu'il n'habitait plus l'immeuble derrière le stationnement. Celui-ci avait été entièrement démoli, à l'exception de la façade. Les squatters avaient dû se dénicher un autre lieu où dormir.

« C'est moins confortable, dit le garçon, mais il n'y a personne pour nous achaler. »

Encore là, Iehl feignit de prendre intérêt à ces informations, de la même façon qu'il feignit l'indulgence devant le vol du garçon. Mais il avait de la difficulté à ne pas se laisser absorber par le fleuve, qui glissait avec douceur sous les glaces.

Pendant un instant il eut l'impression que la terre devenait orange. Une couleur invraisemblable et engourdissante. Il lui était inutile de prévoir dorénavant ce qui allait se produire, car cette couleur obsédante, qui se découvrait sous la croûte terrestre, lui suffisait.

Iehl devait marcher à cloche-pied et remarqua que le garçon se moquait de lui. Ses muscles tressaillaient, il avançait d'une façon analogue à ces vieilles gens qui descendent une pente et qui essaient de se retenir à une rampe inexistante.

Il risquait fort de rouler par terre et de se laisser aller, dans une dégringolade qui ferait de lui, une fois pour toutes, une poupée au mécanisme brisé, quand le garçon s'écria qu'ils étaient arrivés.

CHAPITRE 8

Lorsque le type lui téléphona à nouveau au bureau pour lui demander de la rencontrer, elle accepta parce qu'il paraissait si maladroit. Il s'appelait Joris Iehl et il était concepteur de sondages pour une firme qui avait son siège social pas très loin de ses propres bureaux.

Ils se donnèrent rendez-vous à midi dans les galeries souterraines, près du Centre Eaton. Au premier abord, il lui apparut en parfait contraste avec Cyrill, qui était plutôt athlétique et pratiquait régulièrement la natation.

Iehl était grand et mince, avait le teint maladif, les yeux cernés. Il semblait sorti d'un tableau ancien, avec quelque chose de subtil et de dégénéré dans les traits. Peut-être dans le nez aquilin qui séparait le visage en deux ou dans les lèvres épaisses, qui s'abandonnaient en une expression équivoque. Pourtant sa naïveté lui plut, et aussi ce désir qu'elle perçut immédiatement en lui.

« Venez! lui dit-elle. Nous n'allons pas rester ici à attendre que les couloirs se vident. »

Elle lui prit le bras et cette prérogative qu'elle s'arrogeait sembla décider de la suite de leur relation. Ils marchèrent quelque temps ensemble dans les couloirs. Deux êtres apparemment sans drame et sans histoire, qui allaient à la rencontre d'une marée humaine.

Iehl l'amenait de temps en temps devant une vitrine, attiré autant par la véhémence des étalages et les attitudes de sphinx des mannequins, que par les clients qui furetaient tout autour, examinant les produits comme si leur vie en dépendait.

Ils dépensaient pourtant leurs sous avec précaution, évaluant rapidement la valeur de l'objet sans la moindre passion et se livrant à de rapides calculs, avant de se laisser submerger par l'attrait d'un nouvel étalage. Les objets étaient étreints avec délicatesse, preuve de leur pouvoir de séduction. Le consommateur s'en détournait avec un léger regret, les yeux mi-clos, regardant précisément là où l'objet n'avait plus sa place.

Ils se composèrent rapidement un menu et s'assirent à une table ronde, sur des sièges inconfortables qui les obligeaient à se pencher vers l'avant. L'ambiguïté de leur position était atténuée par l'évidence du lieu. Ils étaient deux employés qui se réunissaient pour la première fois pour célébrer le triomphe de ces dalles de ciment et de ces caveaux souterrains.

Voilà, cette évidence laissait peu de place à l'énigme ou au sous-entendu. Leur conversation se fragmentait devant tous ces gens qui essayaient autour d'eux de se frayer un chemin ou de trouver une table libre.

Estelle Fraguier ne comprenait pas que tout semblait se défaire et ne lui parvenait qu'après qu'elle ait réussi à en dégager l'amertume. Des souvenirs morts qui lui seraient interdits et qu'elle s'acharnerait à reconnaître après coup, sans jamais les atteindre vraiment. Une matière froide saturée d'odeurs placentaires. Des voix angoissantes couvertes de membranes vitreuses.

La raideur particulière de cette première rencontre se conjuguait avec cet arrière-plan hallucinant, où elle accomplissait des promenades rituelles dans des corridors blancs qui se dépliaient en accordéon.

Elle n'avançait qu'en détachant avec difficulté chacun de ses pas, en étirant le cou le plus qu'elle pouvait vers l'avant, jusqu'à en avoir mal aux muscles, et ses pieds adhéraient malgré tout à la boue. S'il y avait parfois quelque chose qui ressemblait à un souvenir encore tout frétillant de vie, elle cherchait à s'en approcher à petits pas, sans faire de bruit, sans laisser sortir un souffle de sa bouche entrouverte.

Il suffisait de l'effleurer pour le voir se détruire. Il lui suffisait de maintenir cet étonnement pour se retrouver une fois de plus devant le fait accompli. Il n'y avait rien à raconter aux vents doucereux, rien à écrire sur les murs de sa cage dorée, on ne lui ferait pas quartier. Elle comprenait enfin qu'elle était abandonnée là, à ce point de sa vie où son passé la rattrapait.

« Vous n'avez plus du tout la même voix, dit-elle.

— Je suis heureux de votre méprise. J'ai eu l'impression pendant un instant d'être découvert à mon insu. »

Qu'y avait-il dans son regard d'introuvable et de fuyant, de chemin parcouru et recommencé sans fin, qui s'offrait sans répugnance, puis basculait mollement de l'autre côté ?

Non loin d'eux, un jet d'eau puissant fusait par saccades et retombait dans un bassin. Des fragments de musique se dissipaient parmi les conversations de table.

Un monde composé d'objets à ramasser et de personnages anonymes aux visages enflés, qui suintaient la peur et le désir, assis sur des sièges aux lignes courbes et s'interrogeant du regard, tout à coup submergés par une faiblesse passagère. Ils piquaient du bout de la fourchette des pâtes enveloppées de sauce et se laissaient aller.

Ils bavardaient, répondaient sérieusement à chacune des questions, souriant avec volupté à un avenir flou où chaque image serait enfin dénuée de substance, où les constructions les plus audacieuses ne tiendraient qu'en raison de leur habileté de causeur.

« Peut-être croyez-vous encore que je suis Hellie ? demanda Iehl.

— Je l'espérais. »

Était-ce vrai ? Ce petit voleur, qui lui avait dérobé son image ? Celui dont la liste des identités empruntées était un désaveu constant, et qui ne s'exaltait peut-être que dans cette éclipse, où son nom était une signature contrefaite ?

Elle regarda une fois de plus autour d'elle et vit les tables s'éloigner, les sourires se défaire, et les corps demeurer figés, les visages hébétés. Cela aurait été vraiment parfait, si elle n'avait pas ressenti cette gêne.

Peut-être de l'embarras devant sa propre indulgence. Pourtant, elle le savait, Iehl n'était qu'une doublure. Une image invertie qui ne tenait son intensité qu'à la séduction qu'avait toujours exercée sur elle le hasard.

QUATRIÈME PARTIE

Les souris

CHAPITRE 1

Ils habitaient maintenant l'entrepôt d'un immeuble utilisé, durant l'été, comme abri pour un vaste marché aux puces. À vrai dire ils s'étaient réfugiés dans les combles, après en avoir délogé d'abord les pigeons, qui avaient tout de même réussi à imposer leurs odeurs.

Ça sentait la fiente de lune et le poisson séché, mais l'endroit était relativement difficile d'accès, ce qui leur permettait d'espérer qu'ils pourraient y attendre la fin de l'hiver. Ils partageaient l'endroit avec deux autres familles, et avec quelques mulots qu'ils avaient acceptés comme un mal nécessaire. Des petites bêtes impersonnelles, dont le contact pouvait offrir certains agréments, comme Iehl l'apprit par la suite.

Tout d'abord il fut reçu par un visage vénéneux, un mégot éteint entre les dents, qui le regarda avec une sorte de rage inconnue jusqu'alors. Une rage savoureuse et tassée sur elle-même, inoffensive apparemment, car elle accomplissait un rite ancien qui la menait très près de l'autosatisfaction.

« Ne t'en fais pas, dit le garçon, il s'appelle Fleur. Il aime bien montrer ses dents. »

Fleur avait un compagnon du nom de Puce et Iehl apprit plus tard que Puce était un ancien trapéziste, qui avait un jour connu une certaine notoriété dans le monde du cirque. Puce était toujours élancé et athlétique malgré un léger embonpoint qui lui donnait l'aspect d'une quille.

Il se promenait en traînant avec lui un baluchon qui devait contenir tous ses trésors et il avait pris l'habitude de dormir suspendu par les pieds à une poutre des combles.

Puce ne cachait pas son plaisir et il lui arrivait de se masturber dans un coin, comme s'il s'adonnait à une plaisanterie. Le visage rabougri et fixe avançait doucement vers la vague qui le saisirait et lui ferait éprouver une fois de plus ce mouvement de bascule dans les airs.

Tania était la sœur du garçon dont Iehl ne sut jamais le nom. Tania avait appris rapidement que la réalité ressemblait à un jour d'enterrement. Elle jouait volontiers à ce jeu qui consiste à retarder le moment sordide où les convives, au dernier repas, se mettent à boire comme des trous et glissent, les yeux bandés, vers les puanteurs irrésistibles qui les attirent autant qu'elles les incommodent. Elle le reçut dans l'entrepôt comme on reçoit un souvenir dont on ne sait plus quoi faire.

Ce qui étonna le plus Iehl, dans l'état de faiblesse où il se trouvait, fut de reconnaître la table où étaient encore assis les parents de Tania et de son frère. Une ampoule nue éclairait la table et leurs visages renfrognés.

Toutes ces petites victoires soustraites au hasard, pour éviter de s'engluer à jamais dans des songes vacants. Ils avaient réussi une autre fois à s'en tirer sans trop de peine, et ce n'était pas sans fierté qu'ils exhibaient, sur la table, leurs mains nues et lourdes.

Ils les retournaient complaisamment, d'un côté puis de l'autre, en donnant l'impression sans doute que le poing grossissait et qu'il s'agissait là d'une préoccupation d'un ordre élevé, qui légitimait en quelque sorte leur air maussade et concentré. Ils ne se levèrent pas à l'arrivée d'Iehl et la femme se contenta de lui jeter un coup d'œil flottant.

« Tu es revenu, s'étonna Tania, en l'aidant à escalader les derniers échelons qui menaient aux combles.

— Ne le laisse pas tomber! » dit le garçon.

Fleur avança son visage pour renifler le nouveau venu. Il cataloguait les gens selon leur odeur et il était évident que celui-ci ne lui disait rien qui vaille. Il émit un petit gémissement condensé et leva le nez aussitôt en se le massant, comme s'il était pris d'un picotement des cavités qui l'irritait outre mesure.

Iehl sentit que, dans la grisaille des combles, d'autres corps se déplaçaient. Ils se contenteraient pendant quelque temps de rôder autour de lui sans oser l'aborder de front.

Cela ne l'inquiétait pas car il ressentait surtout une soif brûlante et le besoin subit de s'étendre, tant la fatigue l'envahissait. Il ne savait plus à quel point du jour il était parvenu. Est-ce que les bruits qu'il entendait étaient la rumeur de la ville ou le crépitement lointain des glaces flottant sur le fleuve et emportant les patineurs vers une longue dérive ?

On le glissa sur un matelas éventré, posé à même le sol. Tania le contempla longuement et lui fit signe de ne pas bouger. Il n'avait qu'à s'en remettre à elle, morceau par morceau.

Iehl ne chercha donc pas à lutter et se contenta de sonder au plus profond de lui-même ce qui le retenait encore au jour volé à ses heures de sommeil. Il fit un tour complet et se retrouva sur le ventre, dans une position où tous les atermoiements lui étaient permis.

Personne désormais ne l'entendrait plus. Il n'y avait peut-être plus lieu d'espérer s'échapper — il n'y pensait pas encore — mais il se sentait apaisé, comme quelqu'un qui n'a plus à dissimuler sa défaite. Il y eut derrière son dos des chuchotements familiers, avant que ne s'opère un brouillage complet et qu'il suive avec amusement les dernières pirouettes des patineurs sur le fleuve.

CHAPITRE 2

Quoi ? Je n'arrivais pas à comprendre les soupirs malades d'Alexis. Il fallait qu'il trotte ou qu'il soit emmuré. C'est pas vargeux! Moi, je ne vous raconte pas ma vie. Je vous la donne sur papier rose.

Elle accomplissait souvent des détours dans le tissu de la ville, pour briser la monotonie de ses figurations. Bien que ce mécanisme de renversement ne fît que reproduire, sur d'autres pans de territoire, son angoisse. Elle aimait parfois se retrouver seule sur une scène.

Ce fut, par exemple, quelques jours après la rencontre avec le pianiste qu'Estelle Fraguier tomba en panne sur une bretelle de sortie de l'autoroute Ville-Marie. Elle colla son automobile contre le parapet de béton armé, juste à la fin d'une courbe où le tablier devenait plat. Elle alluma les feux de sécurité et se mit à attendre.

Devant elle s'élevaient les butées grises, supportant d'autres rampes d'accès, des arcs qui s'esquivaient dans un jeu de perspective comprimé par l'air gris. Les figures courbes ne touchaient pas le sol mais glissaient sous le point de son horizon, délimité par le pare-brise maculé de boue.

Elle fit gicler de l'eau sur le pare-brise, mais il n'y avait précisément rien à voir dans ces volumes réductibles à une prolifération de champs étagés. Des triangles isocèles qui semblaient tamiser les bruits de fond de l'autoroute.

Estelle Fraguier ferma les yeux et chercha à s'exclure de ce moment décomposable en autant de figures géométriques, par où elle s'habituait à l'élèvement vertical, à ces lignes raturées qui la menaient vers des bouts de route impraticables.

Ces longs tapis soutenus à l'oblique, qui cherchaient à boucler la spirale. Vaste extrapolation de son désir d'échapper pour de bon à ce qui la déterminait ou à ce qui l'excluait? Peut-être les deux à la fois, et autre chose encore. De la délectation, d'autre chose dont elle ne soupçonnait pas l'intensité et qui illuminait sa bouche entrouverte d'une lueur ignoble. De la faim, des cris et des odeurs de sang qu'elle vomissait.

Elle s'abandonna le plus qu'elle put à cette violence et renversa la tête. Elle était seule. Elle inscrivait là son empreinte. Dans cet arrêt aussi inattendu qu'une sentence prononcée lorsqu'elle ne s'y attendait plus.

Les volumes chaviraient, le gris et l'ocre jetés à pleine pelletées, condamnant sans appel, une fois de plus, son besoin de sentir battre son pouls. À l'affût des masses humides qui remuent, du béton noir soutenant un pan de ciel doucereux, elle entendit comme en retard le chuintement d'une auto qui roula sur l'asphalte mouillée et passa près d'elle sans s'arrêter.

Elle n'avait encore jamais utilisé ces instruments grossiers servant à harponner les nuages, qui roulaient bas dans le ciel. Estelle Fraguier ouvrit les yeux pour achever le tableau qui s'étendait devant elle et qui instaurait une syntaxe fonctionnant grâce à des séries de simulacres, ou de trompe-l'œil habiles. Seule sa complaisance pouvait permettre à ce bout de route en oblique de s'élaborer en destin.

Il était deux heures sept de l'après-midi. Elle téléphona au bureau pour prévenir qu'elle raterait son prochain rendez-vous, puis contacta le CAA, qui lui promit de lui dépêcher immédiatement une dépanneuse, qui remorquerait son automobile jusqu'au prochain garage.

Elle eut cependant quelque difficulté à décrire sa position et se demanda, après avoir raccroché, si elle n'avait pas commis une erreur. Après tout, cette bretelle de sortie ne menait peut-être pas directement à la rue qu'elle avait mentionnée, mais à une autre, dont le nom lui échappait, et qui ne rejoignait cette dernière qu'après un détour.

CHAPITRE 3

Les premiers jours, il se contenta de rester étendu sur la paillasse en émettant des couinements à chaque fois qu'il désirait que Tania vienne lui verser du thé. Habituellement elle le faisait d'assez bon gré et en profitait pour lui faire la conversation, mais il lui arrivait aussi de s'irriter de sa léthargie et de le brusquer.

Iehl essayait bien sûr de lui plaire et de ne pas lui donner trop de mal, et il développa rapidement quelques ruses qui lui permettaient de la rendre plus sensible à ses désirs. De toute manière, ces premiers jours furent peut-être les meilleurs. Il n'était même pas question qu'il se lève et qu'il cherche, ne fût-ce que de loin, à retrouver ses occupations coutumières.

Son ancienne vie ne lui manquait pas. Au contraire, il se sentait délicieusement troublé lorsqu'il évoquait ses activités habituelles et il y pensait parfois sur sa paillasse, pour son seul ravissement.

Il lui semblait qu'il s'était adonné à des activités qui tenaient du pur spectacle. Sa vie passée ressemblait à s'y méprendre à celle de Puce, le trapéziste, dont il devinait parfois la silhouette suspendue au plafond.

Tout ce qu'il espérait pour l'instant était que cet hiver ne cède pas à la première brise et que les glaces du fleuve continuent à servir de dérive aux patineurs. Il lui arrivait même de trouver sa position enviable. Il avait découvert une complicité merveilleuse, qui s'exprimait dans le ridicule et dans la petitesse.

Les jours se passaient sans tension. Sans même qu'il ne se doute qu'il n'était qu'un invité toléré, et que Fleur trouvait qu'il ne sentait pas assez la mort. Il se fichait bien de Fleur et de ses grimaces effrayées lorsqu'il le reniflait.

«Décidément, il n'a pas l'air de t'aimer», disait Tania.

Iehl souriait, ou du moins il avait l'impression que son visage affichait une expression qui ressemblait à un sourire. Il crispait les lèvres en serrant légèrement les dents, et enlevait, du même coup, toute aménité à son regard.

Comme si son regard se maintenait dans le vide et ne voyait plus que des objets délétères couverts de rosée. Comme s'il ne voyait plus que l'innocence périlleuse prête à s'effondrer sur le sol, après avoir admirablement exécuté le double saut périlleux.

De temps en temps Puce menaçait ses compagnons de reprendre ses exercices au vol, mais ceux-ci craignaient que ses exploits ne les fassent découvrir. Une consigne tacite voulait qu'ils maintiennent durant le jour un certain degré de silence. Il fallait demeurer aux aguets, car il arrivait que des hommes inspectent l'entrepôt.

Le jour où des gardiens venaient, le garçon prévenait les squatters de leur arrivée. La femme dévissait l'ampoule au-dessus de la table et la radio portative était fermée. Chacun se tenait coi. L'air était si lourd et si épais que chacun aurait pu le saisir avec ses mains.

Les gardiens faisaient le tour de l'entrepôt en échangeant des blagues. Ils restaient parfois le temps de fumer une cigarette. Il leur arriva même de jouer à la balle. Ils se la lançaient en s'appliquant à faire le plus de tapage possible.

Collé contre son matelas puant, Iehl ne bougeait pas. Il attendait, comme les autres, dégoûté, que reprenne le cours habituel de leurs jours. Ces alertes les laissaient cependant sur le qui-vive. Il n'était pas aisé, lui dit le garçon, de trouver un refuge libre à cette époque de l'année.

Les combles du marché aux puces n'étaient soumis à aucun ordre, à aucune velléité d'organisation. Personne ne semblait intéressé à tenter le coup et Iehl se rendit rapidement compte que l'homme et la femme près de la table ne faisaient qu'attendre un événement qu'ils souhaitaient de tout cœur éviter.

Il arrivait bien sûr que l'un d'entre eux s'énerve et se mette à courir en poussant des cris, mais ces manifestations n'étaient somme toute que des réflexes nerveux qui leur permettaient de ne pas céder à la tentation. Au contraire, ils avaient souci de se tenir chacun à leur place et de ne pas déranger. Il n'y avait vraiment pas lieu de craindre autre chose de leur part qu'une imprudence bruyante.

Il arrivait que la femme se remette à la poursuite du garçon, mais sa fureur tenait de l'abandon complaisant et la révolte de ce dernier n'était qu'une façon comme une autre d'exprimer son avis.

Lorsqu'il eut reprit des forces, Iehl se mit à inspecter, par oisiveté, les combles. Il rencontra ainsi certains autres de ses occupants. Ceux-ci ne souhaitaient pas mieux que d'être découverts, même s'ils affichaient l'indifférence de ceux qui n'ont plus rien à espérer.

Il y avait certaines heures dont il aurait aimé se protéger. Par exemple lorsque le soleil, à l'extérieur, tombait sur les tôles de l'entrepôt et chauffait le toit, en détroussant les odeurs fielleuses du temps.

Il se sentait alors forcé de tourner son attention vers le point de lumière obsédant qui tombait sur la table de bois, basse sur pattes, carrée, et donnant une impression de pesanteur inouïe. Sous la table, les jambes se raidissaient, les souliers lestés de plomb, le pantalon couvert de poussière, les plis de la robe insinuant le calme troublant d'un dimanche d'autrefois. La lumière sifflait à sa surface et ne lâchait pas les chairs ridées, les torses noueux, le ridicule de la solitude ainsi partagée.

C'est ainsi qu'un jour Joris Iehl se mit à ramper sur le sol. Son corps se balançant à chaque secousse qu'imprimaient les coudes, la tête lourde retombant parfois vers le bas.

Tania n'était pas là. Il ne savait à quelle heure elle rentrerait et le garçon était imprévisible. Depuis que Iehl était étendu sur la paillasse, le garçon se durcissait à son endroit et lui parlait souvent sur un ton sarcastique.

Au départ, la reptation lui parut irrésistible. Iehl s'étonna même qu'il n'ait jamais pensé à se déplacer de la sorte, autrement que par dérision. Son corps se vautrait sur le sol, sans volupté, mais dans le but de l'amadouer, d'en prendre possession, pouce par pouce.

Il se tordait en avançant. Certain ainsi de voir se défaire l'espace et d'éviter, dans un moment de délivrance, le spectacle offert par le couple près de la table.

« Par ici ! » siffla une voix vorace qui surgit d'un coin d'ombre.

Iehl se sentit encouragé par cet appel et se laissa guider par la voix, avec l'instinct obstiné de la découverte à faire, et l'assurance de l'insecte se promenant dans une salle de bal. Sans qu'il ne lui soit possible, dans sa position, de le voir, il sentit que Puce se déplaçait au plafond et le suivait dans le noir, prêt à surgir à la moindre occasion.

Cette surveillance ne le troublait pas outre mesure. Il se sentait, pour l'instant, aimanté par la voix et savait que rien ne l'en détournerait. Il avait tout à apprendre dans ce nouveau milieu. Sa détermination lui tiendrait lieu de connaissance.

Il se traça donc une trajectoire et avança avec une assurance implacable, qui n'était pas celle de se rendre à destination mais d'y aller à sa manière, même si c'était sans trop y croire.

« Par ici ! » répéta la voix, mais cette fois sur un ton qui lui parut désagréablement impérieux.

La voix était fêlée et sourde et donnait un peu l'impression d'un mirage auditif, ou d'une imitation de voix crachée par un magnétophone rouillé. Une voix qui aurait pu également servir de signature, ou que l'on aurait entendue du fond d'un tunnel.

Il arrivait à une des extrémités du marché aux puces où, se dit-il, d'autres gens comme lui rampaient sur le plancher, qui en était devenu plus lisse et plus propre. Il glissait maintenant avec attendrissement. Il frétillait sur le sol en se rengorgeant, comblé par cette surface si soigneusement entretenue, où son corps en devenait du même coup plus souple, mieux adapté.

La joie que lui procura cette légèreté soudaine ne l'empêchait cependant pas de conserver toute sa lucidité. Il savait qu'il venait d'atteindre un terrain qui pourrait lui être hostile. Il aurait sans doute à y faire ses preuves d'entrée de jeu.

CHAPITRE 4

Un klaxon résonna, suivi d'un crissement de pneus qui freinaient puis repartaient en trombe. Le coffre arrière d'une voiture sport tangua un instant dans son champ de vision. Il était évident que personne ne se risquerait à arrêter à cet endroit pour lui venir en aide.

Avant que Iehl ne disparaisse, Estelle Fraguier se souvenait d'un des derniers dîners pris avec lui dans les galeries souterraines. Elle restait sous l'emprise de cette atmosphère. Il se tenait devant elle comme un miroir qui ne reflétait plus que sa source, avec sa voix qui se pliait merveilleusement à la rumeur fureteuse de la foule qui les tenait à l'écart.

À l'écart de quoi, sinon de ses impressions, de la répétition de ses gestes qu'elle voyait décuplés autour d'elle, dans l'exhalaison fade de la nourriture ? Il avait parfois une voix moqueuse, qui acquiesçait à chacun de ses propos pour mieux en marquer la distance, et qui alors la contraignait à se replier sur un terrain neutre, en souriant, pour bien indiquer qu'elle ne pouvait être blessée si facilement.

Elle percevait bien son refus de voir ce qui s'étalait là devant lui. Cette part d'inconnu douceâtre dont il avait horreur et qu'il s'était fabriquée. C'était justement cela, ce qui vacillait constamment devant ses yeux, ce qui bourdonnait nuit et jour à ses oreilles, et que pourtant il ne pouvait reconnaître même en pleine lumière. C'était ce qui l'avait retenue et l'avait induite à le considérer comme une sorte d'allié, dans la lutte sans objet qu'elle menait.

Car elle en était venue à considérer sa lutte présente comme un accomplissement. Une manifestation refoulée de cette part insoluble d'elle-même, qui se perpétuait en de multiples conflits.

Sa méprise au sujet de la voix de Iehl lui avait permis une réduplication passagère de son mal, ainsi qu'un soulagement. Il avait abandonné devant elle ses défenses et se livrait sans virulence, avec même des accents de détresse voilée. Des petits geignements devant cette masse immonde qui l'étouffait, ces dérapages malheureux qui le menaient non sans une certaine satisfaction vers des zones qui lui semblaient jusqu'alors interdites.

Elle l'accompagnait, comme elle avait l'habitude de le faire, jusqu'à un certain point, avec ses clients. Cette zone-là était située à la limite de son propre univers, dans un lieu bien protégé et crasseux, privé de soleil, où couraient des chiens malades, où erraient des bêtes sournoises.

Sans doute réclamait-il sa complicité, dans l'élaboration de ces territoires gris, qui n'étaient peut-être composés que de l'accumulation fastidieuse de moments de pertes, de petits instants qui pouvaient les faire chavirer.

Attablés devant un repas, au milieu d'une foule bruyante dont les voix se brisaient en mille éclats pointus, chacun s'égarant sur un parcours dont ils redoutaient l'issue, piquant la nourriture inerte, accomplissant ainsi un rituel froid.

Cette zone antérieure au plaisir, où chaque geste devenait un labeur, chaque impulsion une coupure dans la masse engourdie de sang, dans le noircissement des liquides vitaux qui refluaient vers l'œil et teintaient sa vision. De grands bassins estompés par l'horreur, où grouillaient de biens piètres personnages, humiliés et aspirant à l'excès un air corrompu.

Ils se retrouvaient dans les galeries souterraines, toujours curieux des détails du jour, de ces petites variations qui formaient somme toute les attributs du réel. Ces unités transies qui ne se dérobaient jamais, qui au contraire appelaient les commentaires, réclamaient les digressions.

Voilà, ils se rassemblaient parmi cette foule et partageaient un repas, dans le ventre même de la terre. Cette participation involontaire la frappa alors qu'elle remarquait un tic de la main de Iehl, qui frottait avec persistance le revers de son veston.

Tous les déchets de leur conversation avaient réussi à évoquer cette zone et à l'étendre de façon excessive autour d'eux, où la nourriture absorbée participait de l'orgie ou du cannibalisme. Ils mangeaient tous avec des mouvements incontrôlables, comme s'ils étaient pris dans un piège et mimaient des gestes plus intimes.

Chaque consommateur, attablé devant une table ronde, se penchait silencieusement au-dessus de son assiette et fouillait du bout de la fourchette le coin de viande ou le légume tendre qu'il piquerait. Il reproduisait sans réserve, avec une candeur qui confinait au faux-semblant, à l'hypocrisie, les gestes d'un repas divin, portant à sa bouche le corps démembré de l'esprit saint, ingurgitant avec un visage impassible de noirs ruisseaux de vin.

Elle était parmi eux, prisonnière qui ne désirait plus qu'être nommée, semblable à eux, craignant de compromettre par un rire faux sa position de recul. Maintenant elle regardait de loin ces statues qu'elle avait autrefois érigées, des copies qu'elle avait façonnées de ses mains, et elle sentait le besoin de les adorer.

Elle réclamait ses erreurs, brûlait à leurs pieds des encens, allumait des chandelles. Chacune de ses souffrances avait réussi à dénouer les derniers liens d'ignorance qui la retenaient encore, et elle se sentait apaisée. Rien ne lui appartenait, que ces statues grotesques investies de toutes ses habitudes répugnantes, de ce qu'elle avait à recommencer chaque jour et qui faisait partie de ce qui était convenu d'appeler ses intérêts.

Elle avait découvert ses pions sur l'échiquier de la zone interdite. Sur un de ses paliers, il y avait le vieux pianiste remontant le mécanisme de ses boîtes à musique, Alexis-le-trotteur et sa famille de muets, et ce sale petit fuyard, Hellie, celui dont la voix lui revenait sans cesse en écho et qui savait trafiquer les signatures avec un art accompli.

C'est d'ailleurs Hellie qui les avait réunis tous deux, dans cette caverne merveilleuse où tout pouvait s'acheter avec une carte de crédit. Ils s'efforçaient de l'exposer comme une voix assassine, dont il fallait pardonner les excès. Visage qui ne saurait se démasquer. Démonstration peut-être de la mobilité du désir.

C'était la seule raison qu'ils trouvaient à ces artifices, à ces détournements de fonds qui remettaient en circulation des billets que l'on croyait sans valeur, à ce jeu d'optique où les regards servaient de ponts entre divers points inconnus.

Hellie était devenu un maître par défaut et son manque de substance lui permettait d'évoluer dans une dimension malléable, selon les attributs qu'ils lui reconnaissaient tous deux, penchés sur la table, les visages pâles enchaînés à cette absence irréductible.

Cela ne voulait pas dire qu'il était enfermé sur un seul palier, mais qu'ils le retrouvaient là de préférence, dans cet endroit où tout ce qui fut avait été un leurre dans leur vie. Cela formait une scène assez vaste, où le décor était rapidement composé de vieux meubles borgnes aux prétentions touchantes, de tout un fatras encombrant qui s'était imposé à eux et qu'il leur était difficile d'enrayer.

En un sens, il ne volait que des objets invisibles, du moins lorsqu'il se contentait de se confiner à cet étage. Pendant longtemps, pourtant, ces statues poussiéreuses lui étaient apparues comme ce qu'elle avait de plus précieux au monde.

Estelle Fraguier les emportait dans l'obscurité de son sommeil et agonisait en silence en les adorant, ces statues sans visage et asexuées, ces produits tyranniques, lourds à déplacer. Combien de prières et d'injures avait-elle criées alors qu'elle se croyait isolée et admirait les falaises magnifiques, au-dessus desquelles s'agrippait une statue sainte munie d'appareils orthopédiques ?

CHAPITRE 5

« Fais attention ! » dit la voix.

Il venait de buter contre un corps inconnu, froid et mou, qui lui décocha un coup de pied au visage. La douleur d'abord l'effraya, puis il en ressentit un certain réconfort.

« Pardon ! dit-il.

— Est-ce que tu fais exprès ? »

La voix ricana doucement, avec un degré d'intimité qui était bien propre à l'envahir. Il se glissa sur le dos et chercha à regarder autour de lui. Après quelque temps, il crut discerner une silhouette sans tête. C'était un corps obèse, qui servait de diversion à la voix qui, elle, en raison de ses intonations fêlées, semblait venir à sa rescousse.

« Il y a peu de temps que je suis ici, dit Iehl.

— Ça n'a pas d'importance ! On s'y fait rapidement. Il y a longtemps que je m'y suis fait et que je ne pleure plus la vie dehors. C'est une histoire pénible.

— La vie dehors ?

— Non. La vie ici. »

Iehl se mit à rire sourdement, le corps légèrement plus tendu, d'un rire égaré qui l'isolait. Un rire à la fois souffrant et impudique, qui débordait du corps sans tête. Comme si toute son existence passée ne lui avait servi qu'à parvenir à

cet instant de débordement, et qu'il ne réussissait plus à en
contrôler le débit. Une fois lancé, il ne s'arrêterait pas avant
d'être complètement épuisé.

« Vous n'allez rien en tirer », dit une voix de femme vers
sa gauche.

Il roula de côté avec précaution pour se rapprocher d'elle,
alors que l'homme sans tête poursuivait son rire, maintenant
douloureux. Il ne voulait surtout pas commettre un mouvement embarrassant même si, dans le noir, il lui était difficile
de bien apprécier les distances.

Ce qui le frappait, c'était l'intensité avec laquelle les
voix surgissaient, avec des timbres bien nets et accrocheurs.
Il reniflait parfois des bouffées d'air putride qui l'étourdis-
saient mais qu'il acceptait comme on accepte les règles du
bridge, en évitant de se poser trop de questions.

Il était déjà heureux qu'il puisse se tortiller de la sorte,
plutôt que d'avoir à découvrir seul la même image plantée
devant ses yeux.

« Au contraire ! reprit-elle. C'est un prêteur sur gages, et
il ne vous rendra rien.

— Je n'ai rien à lui prêter, dit Iehl, hésitant.

— On trouve toujours, vous savez. Il n'est pas difficile.
Tenez, moi, je lui donne de ces petites choses toutes blanches
et microscopiques, qui frétillent et vous donnent l'impression de vous faire constamment signe. Ça lui plaît.

— Vous êtes plusieurs ici ? »

Il entendait une rumeur de voix délicates et sensibles, qui
devaient commenter son arrivée dans ce coin reculé des
combles. En se retournant, il constata que, près de la table
éclairée par l'ampoule nue, l'homme et la femme restaient
immobiles, les poings fermés. Pour la première fois cette

image lui apparut comme un lieu d'ancrage, un lien inanimé avec tout ce qui le retenait encore sur terre.

« Personne ne nous a jamais comptés. Apparemment, il y a un manque évident de gens compétents pour accomplir un tel recensement. C'est vrai que cette personne aurait à trimer dur ! »

Il y eut bien quelques commentaires voilés sur ces dernières paroles. Quelqu'un tira alors sur ses chaussures et chercha maladroitement à délacer ses souliers. Iehl le repoussa d'un coup sec mais son pied passa dans le vide.

« Il a des souliers de cuir !

— C'est mignon !

— Ne faites pas de folies ! »

Il avança une main et sentit sous sa paume un corps humide et froid, couvert d'écailles. Il ne chercha pas à l'enlacer mais sa main, après un léger recul, se mit à fureter le long de ce qui lui parut être le bout d'une nageoire, quelque chose de sinueux et de volontaire.

Il ne rencontrait pas de résistance et cela le remplit d'une étrange dévotion, de celle dont les cultes hostiles pèsent durant des générations sur les foules et par laquelle ils reviennent inquiéter le promeneur solitaire.

Sa main suivit l'épine dorsale et les trames larges et fortes, qui menaient en faisceaux vers le tronc. Il chercha un instant en vain à repousser cette abomination, pour connaître ce qui se trouvait au-delà du dédain. Il n'y avait sans doute rien qui ne puisse être évité.

« Cesse de me tripoter !

— Pardon ! » dit Iehl.

L'inconnu avait été, cette fois, plus rapide que lui, car il avait réussi à lui enlever un soulier. Iehl plongea d'un coup vers l'arrière et retomba durement contre le plancher.

Il crut discerner un œil plein de convoitise. Ce n'était probablement qu'un mirage, ou qu'un jeu d'ombre déformant. Il n'y avait que des yeux globuleux de bovins, pour présenter cette enflure étonnante, qui tenait du masque aguicheur et de la caricature.

Sa chaussette fut tirée lentement alors qu'il retombait, accompagné de ricanements. Quelle que soit cette personne qui cherchait à le dépouiller, elle était dotée d'une bien meilleure vue que la sienne. Il ne chercha pas à le repousser mais se contenta de ricaner à son tour, comme s'il faisait là une concession volontaire.

« De toute façon, dit la voix, le rire est une écriture très ambiguë. Il ne faut pas avoir peur de s'indigner dans ces cas-là.

— Il ne faut surtout pas perdre courage, siffla une autre voix, encourageante.

— Tiens, moi je serais plutôt enclin à me mettre à crier. La bouche remplie de coton imbibé d'éther. Il faut essayer. Ces trucs-là vous donnent l'impression de traverser la vie en accéléré. C'est épatant ! »

Ils s'étaient tous rapprochés de Iehl et l'enserraient de près. Le souffle haletant de certains d'entre eux le frôlait. Des exhalaisons insupportables, comme des accès de pus qui viendraient de crever.

Iehl ne chercha pas à se relever mais se contenta de demeurer sur ses gardes, en prenant soin de dissimuler ses répugnances. Il n'avait d'ailleurs pas le choix.

Le cliquettement de leurs bras se rapprochait de lui et Iehl était si démuni qu'il ne pouvait qu'approuver le début des hostilités. Mais en même temps il émanait de ce remuement confus de voix et d'odeurs une curiosité amusée, une forme de méchanceté qui se délectait.

Les parfums des organismes rampants lui rappelaient de grandes étendues de soleil vacillant sur de la pourriture. Des quêtes dissimulées à l'incision des bistouris dans la chair obnubilée.

Voilà, cela se passait de cette façon-là, cela se déchiffrait peut-être dans les flammes. Cela se déplaçait par spasmes et revenait se presser sous l'ongle, se frotter contre les masses imposantes de graisse, se cueillir au creux des petites mains étoilées.

Dans la chair ravagée où couraient encore les veines noircies. Cela s'enlisait, chargé d'une prière ou d'un souhait, tremblant, presque invisible, couvert parfois du voile des bons sentiments. L'odeur vicié du bois vermoulu et du temps, des fosses minérales. Des hivers couverts de dune de sable blanc, où gouttait avec indifférence le sang des inconnus.

«Le voilà terrassé! C'est tout de même extraordinaire comme ils sont peu résistants!»

La proximité de la voix le fit sursauter. Il eut le geste d'un mannequin à qui l'on vient de reconnaître le don de surseoir aux lois de la gravité. La voix était si tendue et stridente! Il ne s'habituait pas à ces festivités de somnambules, dont il assumait la dépouille.

Un croc l'agrippa et le secoua. Il ne sentit plus qu'un vide lourd en lui, et des fragments de souvenirs non identifiables. Nul besoin de se retrouver une autre fois terrassé, le crâne ouvert rempli de feuilles. Un vase où se dissolvait quelque fade crépuscule.

Il n'opposait aucune résistance. Son corps se plia lentement en deux, dans l'étonnement même de cette souplesse qui ne lui laissait plus de larmes à verser. L'enveloppe crevée par une lame qui brilla un court instant.

Puis il virevolta dans les airs, soutenu au-dessus des moiteurs lourdes, des sarcasmes pressentis dans les pleurs et l'hébétude. Il tourna et sentit son corps s'étirer autour d'une présence blanche. Une pâte gélatineuse, mais assez élastique pour ne pas rompre sous le tressautement aérien.

Il passa d'un trait au-dessus de la table, où les présences opaques de l'homme petit et trapu et de la femme inerte s'affirmèrent en un seul modelé pulpeux, avant de retomber sur sa paillasse. Le visage rabougri de Puce se rapprocha du sien. Il eut l'impression, un court instant, de se pencher vers un miroir, tant ce visage était criblé par les marques les plus profondes de l'amertume et de l'oubli.

« Il n'y a rien à voir au bout du monde », lui dit Puce.

Il se leva et d'un seul mouvement rejoignit les poutres au plafond. Un mouvement surprenant de danseur ou d'acrobate qui s'enorgueillissait de son refus. Sa silhouette grouilla indistinctement au-dessus de lui, puis Iehl ferma les yeux d'épuisement, entraîné une fois de plus vers les voies archaïques qui le ramenaient dans le brouillard.

CHAPITRE 6

Un peu sur sa gauche, en tournant la tête vers l'arrière, un quartier résidentiel semblait rétrécir sous une lumière qui incitait à la fuite. Une camionnette passa en klaxonnant et ondula jusqu'à la courbe avant de disparaître.

Près d'une demi-heure s'était écoulée depuis qu'elle avait appelé le CAA. La dépanneuse devait s'être égarée sur l'une des multiples voies d'accès à l'autoroute, et elle crut même voir la silhouette fléchée d'une camionnette rouler sur une autre rampe d'accès. Elle tira un billet de sa poche.

Je n'ai pas de frère jumeau à vous présenter. C'est dommage. Je n'ai pas de richesse à étaler devant vous comme des cartes postales. Ma chambre pourtant est remplie de couleuvres peintes de couleurs vives.

Elle chercha en vain à évaluer mentalement la distance qui la séparait de la prochaine rue, une distance qui de toute manière semblait impossible à atteindre sans véhicule motorisé. Il aurait été dangereux de marcher sur ces tabliers couverts de boue et le plus probable, se dit-elle, serait que des policiers en patrouille la repéreraient d'ici peu. Il n'y avait qu'à attendre sans bouger.

Il n'y avait qu'à attendre l'éternité ou à essayer de le capturer, en le tenant à l'écart de sa conscience, maintenant, une substance dans laquelle elle déverserait des trouvailles exquises, des fantômes qui s'engageraient sur des chemins impurs

Il n'y avait plus en elle de révolte, elle se débarrasserait de toutes ces fleurs tristes, de ces visages anémiés, de ces corps qui avaient besoin constamment d'être soutenus. Elle se sentait capable de sortir de ces cryptes une liste d'objets perdus et retrouvés, d'y enfouir son visage et de surprendre là son enfance.

Dans ce jardin saccagé où la mort lui confiait ses secrets, Hellie se promenait, en arrachant les roses, en piétinant les plates-bandes. Iehl s'y installait à demeure, certain que l'on ne viendrait pas le débusquer, dans ces recoins sombres qu'il avait découverts avec audace, dans ces renoncements sincères qui la tourmentaient, ces fausses joies qui vacillaient.

L'engourdissement hypnotique de ces rencontres avait un charme rempli d'amertume et Iehl acquiesçait en regardant à son tour autour de lui. Certes, ils devaient se dégager rapidement de l'emprise de la zone, convenir d'un prochain rendez-vous, se serrer la main en projetant haut la voix, une dernière feinte vers l'autre, qui absorbait également la moiteur de la main et le regard blanc.

Elle contacta à nouveau son bureau pour demander à sa secrétaire de ne pas l'attendre, et elles rirent toutes les deux lorsqu'Estelle lui décrivit la situation dans laquelle elle se trouvait. Puis, en raccrochant le téléphone cellulaire, elle crut discerner vers sa droite, surmontant le parapet, une échelle métallique dont l'extrémité recourbée s'ancrait dans le béton.

Elle quitta son automobile après en avoir verrouillé les portières et s'approcha du parapet. Un vent humide soufflait par rafales et poussait des nuages pelotonnés dans le ciel. Ce vent faisait cliquetter l'armature de fer de l'échelle, qui descendait vers un terrain vague ombragé par le réseau des bretelles de sortie de l'autoroute.

De là il lui serait peut-être possible de contacter quelqu'un qui lui viendrait en aide ? Mais si, du premier coup, cette perspective lui apparut comme étant à la fois dangereuse et sans doute inutile, car d'ici peu la dépanneuse dépêchée par le CAA finirait pas la rejoindre, elle enjamba malgré tout le parapet et se mit à descendre les échelons.

Le terrain vague était situé au cœur d'un faisceau de routes labyrinthiques. Un espacement dénué de fonction propre. Un bout de terre arrachée à la maîtrise du sol et laissée là en suspens.

Le sol graveleux avait peine à drainer l'eau qui formait par endroits des flaques épaisses, empreintes de filaments roses. Le chuintement humide des roues sur l'asphalte et le vrombissement des moteurs se réverbéraient sous les rampes bétonnées qui en formaient le toit.

Il y avait au bout du terrain vague une baraque de bois qui devait être utilisée par des travailleurs lors de la construction du réseau routier. Elle s'en approcha, poussa la porte, jeta un bref coup d'œil dans l'abri qui contenait une table rudimentaire, un banc de bois grossier, une pile de vieux journaux, une bouilloire électrique bosselée.

Cet espace spéculatif, ces passerelles qui ne conduisaient qu'à des points de non-retour. Qui reviendrait jamais dans ces lieux inhabités, ces terrains vagues qui donnaient une impression d'irréel ? Cela mettait à l'évidence des impossibilités, des erreurs de calcul, des rejets, toute une série d'opérations qui provoquaient la panique.

C'était sur ce terrain-là qu'elle avait cru un jour découvrir une certaine tranquillité, dans ce tableau composé par une superposition de plans isomorphes. Des manteaux de lumière morte qui cherchaient mollement à restaurer l'écoulement du temps, où seules des traces de pas perdus étaient imprimées sur le sol. Dans l'enveloppement de ces routes qui emportaient son image. Les sales petits fuyards, se dit-elle. Elle les rattraperait tous. *Je n'ai pas de frère jumeau à vous présenter. Je n'ai pas de.*

CHAPITRE 7

Il n'était pas tout à fait dupe de ce qui, à certains égards, ressemblait à un sursis. Dans le dispersement des heures, où il ne reconnaissait plus à l'avance ce qui allait se brouiller devant lui, dans une atmosphère de foire désaffectée, il réussissait à maintenir, dans ses rapports avec Tania et le garçon, un certain nombre de formalités.

Ces liens étaient d'autant plus nécessaires qu'ils étaient devenus les seules connivences l'invitant encore à déployer des efforts pour se montrer affable. Sinon, rapidement, l'indifférence l'attirait comme une image faite sur mesure pour toutes les occasions ou comme un point de résignation qui creuserait un fossé définitif entre lui et les rumeurs de la vile île qui s'étendait au-delà de l'entrepôt.

Tania et le garçon étaient, selon toute apparence, les deux seuls squatters qui quittaient les combles pour de longues périodes et qui en revenaient parfois agités et fébriles. Tania, surtout, approchait de son lit après un long séjour à l'extérieur, le visage apaisé sur lequel se devinaient les bals innommables et les fêtes grotesques, dont elle avait été une des invitées les plus assidues.

Le plaisir était, selon elle, le moyen le plus fascinant de parvenir à une sorte de bonheur trouble, où se mêlaient l'abomination et la vérité. Dans le souvenir perdu d'un bal, Tania croyait découvrir le secret de ce qui ne se communiquait plus par de simples paroles.

Le secret de l'instinct qui triomphe et qui l'écrasait là. Dans la promiscuité des yeux qui se fixaient sur elle une dernière fois, et des mains puissantes qui l'immobilisaient. Elle courait les bals, habillée en victime, et rôdait dans les bars, frémissant à l'appel du hasard qui lui permettrait de mourir juste une dernière fois.

Pour se consoler elle revenait vers les combles, dans le taudis obscur. Iehl se contentait de demeurer vigilant, face à la table où l'homme et la femme ne parlaient plus. Une image hargneuse qui pourrissait lentement en lui.

« Tu ne t'ennuies pas trop ? s'enquit Tania. Tu veux voir ce que je te rapporte de là-bas ? Tiens ! »

Elle posa dans sa paume une pâtisserie enduite de crème affaissée, dont la torsade avait été brouillée sur un de ses côtés et ressemblait à du stuc. La pâte huileuse s'émiettait et il se mit à rire, tellement cette marque d'attention était déplacée.

Il essaya d'y goûter mais le sucre le remplit d'amertume, comme si cette pâtisserie évoquait réellement quelque chose du monde extérieur. Ses vieilles rues qui se contractaient au fur et à mesure qu'il avançait. Les frôlements des passants qui le regardaient tourner l'angle d'une rue et repartir dans une autre direction, en piquant du nez.

S'il lécha un peu de la crème, ce fut pour démontrer à Tania ses bonnes intentions. Il était pourtant soulagé de ne plus avoir à sortir et à affronter ceux qui, de toute manière, cherchaient à le repousser. La substance spongieuse, entourée d'une fine croûte, céda sous sa langue et l'amertume l'emplit d'un calme larvé.

« Je suis sortie avec des petits morveux ! Sais-tu qu'il y en avait un, qui voulait à tout prix m'emmener loin d'ici ? Un petit admirateur hideux, qui dansait comme un chevalier d'autrefois !

— Comment est-ce, dehors ? »

Tania s'efforça avant tout de faire revivre devant lui sa soirée, sans trop souligner les contours surgissant dans l'aube implacable et le maquillage qui, aux dernières heures, se défaisait de lui-même, alors qu'elle ingurgitait le fond de son verre.

Le barman souriait de son rire plat et elle cherchait à se contraindre à ne plus osciller sur son tabouret, à consommer sur place son désarroi avec un calme qui la sauverait. Avant de repartir seule à l'aube, comme elle était venue.

Le visage de Tania le frappa une autre fois par sa familiarité, contre laquelle même les maquillages les plus élaborés n'avaient pas de prise. Un visage un peu étouffé dans son expression, par un caractère inachevé. Quelque chose d'assoupi dans le regard.

Le fond de teint, aux reflets platine, s'effritait par endroits. Les cils mouvants étaient enduits d'une épaisse couche de khôl. L'expression de la bouche était celle d'un personnage qui ne craint pas de froisser les mots, qu'elle semblait vraiment découvrir au hasard de la conversation. Ce qui donnait un certain charme aux évocations de sa vie nocturne.

Iehl savait également, lorsqu'elle s'approchait ainsi de son chevet, que le jour venait probablement tout juste de poindre. Les travailleurs sortaient un à un de leurs logements étouffants pour aller attendre, au coin des rues, des autobus qui exhalaient une épaisse fumée grise.

Elle lui parlait aussi du plaisir d'errer de bar en bar et évoquait parfois des lieux qu'il avait déjà fréquentés. Il restait étendu sur le grabat à l'écouter et il hochait la tête, car il y avait peu à rajouter à ses descriptions.

«J'aime tellement me rapprocher d'eux! poursuivait Tania. Je me demande ce qu'ils fabriquent. Comment ils font, lorsqu'ils sont seuls, pour ne pas s'évanouir. Ce n'est pas ce que tu crois! Je les examine avant de les choisir. Je fais le tri.

— Je te crois.

— Il le faut! Ce jeune garçon, par exemple, qui se gargarisait en me regardant à la dérobée. Il a failli s'étouffer lorsque je lui ai proposé de danser.»

Le rituel des danses sur une piste symbolique lui revint en mémoire. Un acte de fin du monde, où le burlesque devenait ambigu, où le moindre petit geste acquérait de l'intérêt, sous le flot des lumières au laser.

Les corps se tortillent et cherchent à s'évader, alors que joue une musique écorchée vive. Les danseurs se dressent. Des épouvantails se mettent à soulever leurs jambes dans les airs, le visage légèrement effacé, le tronc sautillant, les mains cireuses faisant mine d'agripper le vide.

Tania avait saisi son jeune partenaire par le bras et l'avait mené vers la piste. Celui-ci avait consenti à cette parade sans rechigner, en se retournant pour faire un signe de connivence à des copains restés à leur table.

«Ce petit salaud dansait comme s'il écrasait des œufs! En gloussant à chaque pas. Mais je m'en fichais. Pourvu que ça dure et qu'il ne me propose pas une promenade en vieux char, c'est tout ce que je souhaitais!»

Tania avait passé une merveilleuse soirée avec les vivants, et elle était prête à témoigner. Tout s'était passé avec cet étonnant amour que les morts portent aux vivants, avec cette tendresse profonde qui tient du miracle devant le velouté de la chair et le lait des muqueuses qui giclent dans le ventre.

Ils avaient élevé des fortifications pour aussitôt les abattre et c'était parmi les rires, dans les toilettes derrière le bar, qu'ils s'étaient unis. Elle lui rappela ce brouillement des chairs qui deviennent aussi souples qu'une gelée et qui laissent tomber sur le sol de grosses mottes de boue chaude. Où les bras serrent et secouent une matière humide qui ne respire plus, qui suffoque.

CHAPITRE 8

Le garçon venait voir Iehl plus volontiers le jour, alors que la lumière lézardait les murs des combles et que tous les occupants devaient prendre les précautions nécessaires pour ne pas faire trop de bruit.

Il élevait des mulots et, bien que cette occupation ne fut sans doute guère appréciée des autres locataires, il était désormais trop habile et trop sûr de lui pour se laisser imposer des règles qui lui auraient déplu.

Lorsque le garçon lui montra la première fois une de ces petites bêtes, Iehl eut le geste de la repousser de la main, cette petite chose aveugle pas plus grosse qu'un pouce qui avait l'air complètement perdue. Mais il ne fit qu'esquisser le geste et se retint juste à temps pour ne pas froisser son jeune ami.

« On dirait qu'elle est à la recherche d'un casse-croûte », remarqua Iehl, en voulant indiquer ainsi qu'il en acceptait la présence.

Le garçon hocha gravement la tête et remit la souris dans la poche de son manteau. Un petit couinement étouffé s'éleva, mais le garçon n'y fit pas attention.

Comme d'habitude, le couple était assis autour de la table sauf que la femme s'était tournée légèrement de biais et donnait l'impression de regarder dans la direction du lit de Iehl. Mais il n'était pas évident qu'elle les regardait car elle avait les yeux mi-clos et semblait frappée de stupeur.

Cette légère variation dans leur position n'était pas cependant sans étonner Iehl, qui craignait plus que tout de la voir se lever pour se mettre à courir après le garçon. La dernière fois il en avait ressenti une sorte d'étouffement et n'avait pu supporter l'expression de cette pulsion morbide, où celle qui frappait se mettait en appétit à entendre les cris, où celui qui criait laissait planer sans rupture sa douleur au-dessus de la ville.

« Si tu veux, je vais te montrer les autres. Je les mets dans des boîtes. Ceux que je préfère, ce sont ceux qui courent, apeurés, dans tous les sens. Ils sont si jolis ! »

Le garçon rayonnait à évoquer son trésor. Cela attisait en lui une fébrilité, qui ne trouvait d'apaisement que lorsque tous ses petits sujets soulevaient leurs têtes pointues vers lui.

« Tu les mets où, ces boîtes ?

— J'ai mes cachettes ! Il ne faut pas que j'oublie de les nourrir, sinon ils sont capables de ronger le carton le plus épais ! »

Il alla chercher une boîte et Iehl dut se soulever en prenant appui sur un coude pour y jeter un coup d'œil. Il eut l'impression d'abord de ne voir qu'un seul corps, de la dimension d'un chiot, mais plat et grelottant. Puis il distingua chacune des petites bêtes qui se déchaînaient, dans un espace si réduit qu'elles devaient se grimper sur le dos.

Les bestioles se morfondaient au fond de la boîte, sans espoir de rémission mais sans perdre le besoin d'agiter leurs petites pattes griffues. Le garçon confia à Iehl qu'il lui arrivait de les affamer exprès, dans une boîte de bois réservée à cet usage. Il versait alors sur une souris quelques gouttes de sang, avant de les regarder s'entre-dévorer.

Il multipliait les petits noms à leur endroit et feignait parfois de reconnaître certaines d'entre elles, qu'il sortait de la boîte en les tenant par la queue. La bestiole se lovait sans cesser de lutter, les yeux dilatés, couinant comme si elle martelait un secret.

« Cette souris croit qu'elle peut encore se tirer de là. Tu penses que tu peux partir en te trémoussant, c'est ça ? »

Il feignait de l'interroger en prenant Iehl à témoin. La joie crispait le faciès allongé, où des traits de dureté et d'arrogance déjà se dessinaient. L'enfance de ce garçon avait été enfermée dans un espace clos et la moindre de ses expressions en devenait tendue, prête à rompre le cours de ses conduits vaseux.

Il s'efforçait de parler en écrasant chacun de ses mots et en les prononçant avec un petit air amusé. Il avait apparemment encore peur de la femme parce que, de temps en temps, il se tournait vers elle et l'examinait, craignant peut-être que cette torpeur ne soit qu'une ruse. Puis il revenait en souriant vers son prisonnier.

« Si tu veux te libérer, tu n'as qu'à te mordre la queue ! » dit-il.

Le mulot s'agitait bêtement de tous côtés et chercha en vain à le mordre. Le garçon le secoua, enchanté de découvrir cette petite haine au bout de ses doigts. Puis il le remit dans la boîte et s'en retourna la dissimuler dans un coin, non sans avoir pris soin de passer, par défi, près de la table.

Cette provocation n'eut aucune suite ce jour-là. Le couple ne bougea pas. Jamais Iehl n'oubliait, pourtant, qu'ils pouvaient toujours se soulever pour exécuter les gestes les plus quotidiens. Pour accomplir cette pantomime exigeante où ils se déchiraient.

Les yeux fermés, il entendait les cris étouffés des bestioles, leurs suppliques qui s'élevaient sans pouvoir rompre le charme de leur condamnation. Il les imaginait contraintes à un lent étouffement, à une nuit honteuse qui s'animait de désirs froids et de cruautés.

Plus loin, d'autres voix chuchotaient. Les locataires du marché aux puces s'entretenaient à voix basse et discutaient peut-être de ce qu'ils voyaient du monde extérieur en regardant par les fentes.

Ce monde, il était résolu pour l'instant à ne plus le revoir, à se contenter des échos que lui rapportaient le garçon et Tania, qui agissaient en somme comme ses procurateurs. Il était lui aussi enfermé, avec pour seule image un couple carnavalesque.

Lorsque le garçon lui donna un mulot, il se contenta de le glisser dans une poche de son pantalon. Il s'en débarrasserait en le lançant contre un mur, mais dans les faits il s'endormit presque aussitôt, sans que le léger trépignement qu'il sentit dans sa poche ne le répugne.

C'était un petit organisme vivant qui paraissait se greffer au sien et qui ne le gênait pas plus que les odeurs d'éternité morose et de poussières, de sang caillé et de viscères, qui traversaient les combles. La souris se retrouva dans la poche avec tout juste assez d'air pour ne pas étouffer.

Elle ne perdit pas un instant et se mit à racler le tissu, comme seul peut le faire qui a vécu toutes les privations. Ses petites pattes tremblotaient en éprouvant cette obscurité qui l'enserrait.

La palpitation du corps simulait une lutte qu'il suivit quelques instants, les yeux fermés, avant de s'endormir. Iehl

ne ressentait pas de pudeur devant sa nouvelle condition et
ne cherchait pas à la prévenir. Devant l'étalage de ses plaies
intimes il croyait plus sûr de ne rien demander à ceux qui
venaient le voir, et de ne rien refuser. Même la plus petite
offrande était la bienvenue.

Chez le même éditeur :

Parcours improbables de Bertrand Bergeron
Ni le lieu ni l'heure de Gilles Pellerin
Mourir comme un chat de Claude-Emmanuelle Yance
Nouvelles de la francophonie de l'Atelier imaginaire
(en coédition avec l'Âge d'Homme)
L'araignée du silence de Louis Jolicœur
Maisons pour touristes de Bertrand Bergeron
L'air libre de Jean-Paul Beaumier
La chambre à mourir de Maurice Henrie
Ce que disait Alice de Normand de Bellefeuille
La mort exquise de Claude Mathieu
Circuit fermé de Michel Dufour
En une ville ouverte, collectif franco-québécois
(en coédition avec l'Atelier du Gué et l'OFQJ)
Silences de Jean Pierre Girard
Les virages d'Émir de Louis Jolicœur
Mémoires du demi-jour de Roland Bourneuf
Transits de Bertrand Bergeron
Principe d'extorsion de Gilles Pellerin
Petites lâchetés de Jean-Paul Beaumier
Autour des gares de Hugues Corriveau
La lune chauve de Jean-Pierre Cannet
(en coédition avec l'Aube)
Passé la frontière de Michel Dufour
Le lever du corps de Jean Pelchat
Espaces à occuper de Jean Pierre Girard
Saignant ou beurre noir ? recueil collectif
Bris de guerre de Jean-Pierre Cannet et Benoist Demoriane
(en coédition avec Dumerchez)
Je reviens avec la nuit de Gilles Pellerin
Nécessaires de Sylvaine Tremblay
Tu attends la neige, Léonard ? de Pierre Yergeau
La machine à broyer les petites filles de Tonino Benacquista
(en coédition avec Rivages)
Détails de Claudine Potvin
La déconvenue de Louise Cotnoir
Visa pour le réel de Bertrand Bergeron

Meurtres à Québec, recueil collectif
Légendes en attente de Vincent Engel
(en coédition avec Canevas)
Nouvelles mexicaines d'aujourd'hui, recueil collectif
L'année nouvelle, recueil collectif
(en coédition avec Canevas, Les Éperonniers et Phi)
Léchées, timbrées de Jean Pierre Girard
La vie passe comme une étoile filante : faites un vœu de Diane-Monique Daviau
L'œil de verre de Sylvie Massicotte
Cet héritage au goût de sel d'Alistair MacLeod
Le récit de voyage en Nouvelle-France de l'abbé peintre Hugues Pommier de Douglas Glover
Chronique des veilleurs de Roland Bourneuf
L'alcool froid de Danielle Dussault

ACHEVÉ D'IMPRIMER
EN OCTOBRE 1993
À L'IMPRIMERIE D'ÉDITION MARQUIS
MONTMAGNY, CANADA